Günter Fanghänel

Die Tote in der Sauna

AF186751

Günter Fanghänel

Die Tote in der Sauna

Ein Eppertshausen – Krimi

Dieses Buch ist ein Roman. Handlung und
Personen sind frei erfunden.
Alle Straßen- und Firmennamen sind fiktiv.

ISBN 9783751916912
Herstellung und Verlag: BoD – Books on Demand, Norderstedt
© 2023. Autor und Herausgeber: Dr. habil. Günter Fanghänel,
Eppertshausen.
1. Auflage 2023. Alle Rechte beim Autor und Herausgeber.

1.

Inmitten des Dreieckes Darmstadt – Aschaffenburg – Frankfurt liegt der kleine hessische Ort Eppertshausen, der in den letzten Jahren im Mittelpunkt mehrerer Aufsehen erregender Kriminalfälle stand.[1]

Bei der Hessischen Gebietsreform von 1974 war es dem kleinen Ort, der heute etwa 6.500 Einwohner hat, gelungen, seine Selbständigkeit zu bewahren.

Dieser Fakt, die zentrale Lage im Rhein-Main-Gebiet und vor allem die kluge und vorausschauende Kommunalpolitik, geführt von einem sehr engagierten Bürgermeister, waren ausschlaggebend für die positive Entwicklung, die Eppertshausen in den letzten Jahren genommen hat.

Als Beispiele können die Neubaugebiete *Im Eichstumpf* und *Am Abteiwald* dienen. Hier sind in den letzten Jahren zahlreiche Neubauten, meist Einfamilienhäuser, entstanden, womit die Lücke zum vorher etwas abseits gelegenen Ortsteil *Failisch* nahezu geschlossen wurde. Aber auch das neue Gewerbegebiet *Park 45,* welches 2007 seiner Bestimmung übergeben wurde, ist zu nennen. Hier, sowie in den drei

---

[1] Siehe *Die Tote im Abteiwald*, BoD 2019;
Der Tote in der Dreieichbahn, BoD 2020;
Die Toten bei der Thomashütte, BoD 2021.

alten Gewerbegebieten *West*, *Ost I* und *Ost II* fanden zahlreiche Unternehmen ihre Heimat, was sich natürlich positiv auf die Gewerbesteuereinnahmen der Gemeinde auswirkt.

Am östlichen Rand des Gewerbegebietes Ost II wurde vor einigen Jahren die Wellnesseinrichtung *Sauna-Oase*[2] eröffnet, die sich nicht nur bei den Einwohnern von Eppertshausen großer Beliebtheit erfreut.

Wenn man von Eppertshausen kommend in Richtung Hergershausen fährt, liegt linker Hand der Waldfriedhof und rechts befinden sich die Gewerbegebiete Ost I und Ost II. Die letzte Zufahrt ist eine Sackgasse und endet vor einem etwa fünfzig Meter breiten, relativ schmucklosen Flachbau. Über dem Eingang steht mit großen Lettern SAUNA-OASE. Wenn ein Besucher diesen Eingang passiert, gelangt er zu einer Rezeption, wie man sie von Hotels kennt. Hier erfolgt die Registrierung und in der Corona-Zeit wurden auch die notwenigen Kontrollen durchgeführt. Außerdem erhält man einen Chip, der am Arm (oder auch Bein) getragen werden kann. Mit diesem lässt sich der jeweilige Schrank öffnen und verschließen sowie die verzehrten Speisen und Getränke und

---

[2] Eine solche Wellnesseinrichtung gibt es in Eppertshausen (leider) nicht. Wohl aber existieren in der Umgebung einige schöne Sauna-Anlagen, die als Anregung für die hier beschriebene *Sauna-Oase* gedient haben.

alle anderen Dienstleistungen abrechnen. An der Rezeption können auch die gewünschten Wellness-Leistungen (verschiedene Massagen oder diverse kosmetische Behandlungen) gebucht werden. Von den Umkleideräumen, in denen sich die Stahlschränke für die Kleidung befinden, geht es zu den nach Geschlechtern getrennten Duschräumen. Hat man diese durchquert, erreicht man zunächst den etwa 60 m^2 großen Innenpool, der mit einer Wassertemperatur von 28^0 C und zahlreichen Düsen zum Baden einlädt. Die rechte Seite ist durch eine niedrige Mauer von einem etwa 30 m langen und 6 m breiten Raum getrennt, in dem sich in drei Reihen zahlreiche Liegen befinden.

Bedingt durch die *Corona-Auflagen* wurde immer zwischen zwei Liegen durchsichtige Trennwände aufgestellt. Da die Liegen der zweiten und der dritten Reihe jeweils erhöht zu den davor befindlichen sind, hat man durch die Glasfront, die die gesamte Längsseite bildet, einen guten Blick auf die Außenanlage.

Hier findet man eine große Liegewiese, einen Kaltwasserpool sowie eine überdachte Terrasse mit einem Kiosk, wo im Sommer Speisen und Getränke bereitgehalten werden.

Außerdem befinden sich im Außenbereich zwei Saunen. Eine ziemlich große im Blockhausstil, in der zu bestimmten Zeiten Aufgüsse stattfinden, sowie eine halb in die Erde eingelassene kleinere, die von vielen Gästen *Feuersauna* genannt wird. Dies kommt von dem Kamin, der sich gegenüber der Eingangstür befindet. Diese Sauna ist auch als Blockhaus, also vollständig aus Holz gebaut. Wenn man die drei Stufen zum Eingang hinabsteigt, gelangt man in den Innenraum, wo sich links und rechts von einem Gang jeweils drei etwa 3 m lange Bankreihen hintereinander befinden. Die unterste ist nur 20 cm hoch, die zwei nächsten sind dann jeweils etwa 40 cm höher. Am Ende des Ganges ist der Kamin, bei dem hinter einer Glastür die Flammen lodern können. Rechts und links vom Kamin ist das notwendige Brennholz gestapelt und bei Bedarf werden vom Saunameister oder auch von einem der anwesenden Gäste einige Scheite nachgelegt. In dieser Sauna herrscht meist eine besondere Atmosphäre und hier findet auch oftmals ein sogenanntes *Finnisches-Sauna-Ritual* statt, zu dem man sich vorher anmelden muss, da nicht mehr als acht Personen gleichzeitig in die Sauna passen.

Zurück zum Innenpool.
An beiden Stirnseiten führen bequeme Treppen ins Wasser. Hinter dem an der linken Längsseite entlangführenden Gang liegt eine gemütliche Gaststube, in der man freundlich bedient wird. Im Gegensatz zu den sonstigen textilfreien Bereichen wird hier die Bekleidung mit einem Bademantel oder Ähnlichem erwartet.

Es sei an dieser Stelle erwähnt, dass sich in der *Sauna-Oase* die Gäste zwar weitgehend unbekleidet bewegen, aber sexuelle Handlungen nicht einmal andeutungsweise vorkommen. Hier unterscheidet sich diese Wellnesseinrichtung grundsätzlich von sogenannten Swingerclubs oder ähnlichen Etablissements.

Hat man den Gang zwischen Innenpool und Gaststätte passiert, gelangt man in den eigentlichen Saunabereich. Im Zentrum ist ein Tauchbecken eingelassen, um das mehrere Kaltwasserduschen angeordnet sind. In einem weiten Halbkreis befinden sich dann ein Dampfbad, eine Bio-Sauna, eine Kristall-Sauna, eine Relax-Sauna sowie eine finnische Sauna, in der auch Aufgüsse zelebriert werden.
Die Temperaturen in den einzelnen Saunaräumen sind unterschiedlich. Sie reichen von 50° C in der Bio-Sauna bis 90° C in der Aufgusssauna. In der Kristall- sowie der Relax-Sauna erklingt meist leise Entspannungsmusik.

Die gesamte Anlage ist sehr großzügig bemessen, so dass jeder Saunagast ausreichend Freiraum um sich herum finden kann.

2.

Donnerstag, 9. März

Es war kurz nach 19:00 Uhr. In der Eppertshausener *Sauna-Oase* war das an jedem Donnerstag in der *Feuersauna* zelebrierte *Finnische-Sauna-Ritual* zu Ende gegangen.
Steffi Waski und ihre Freundin Heidrun Schledt
sowie Birgit Gruber, Ilse Schmidt und Marion
Wegner, die auch miteinander befreundet
waren, hatten an diesem Event teilgenommen.
Die fünf jungen Frauen, alle so Mitte dreißig,
trafen sich öfters donnerstags zum gemeinsamen Saunabesuch. Meist nahmen sie dann
auch an dem *Finnischen-Sauna-Ritual* teil.
Dabei wurden in Wasser eingeweichte Birkenzweige benutzt. Das Ganze dauerte fast eine
Stunde. Danach gingen die jungen Frauen unter
die Dusche und kurz ins kalte Wasser. Später
suchten sie ihre Liegen auf, um etwas auszuru-
hen. Die Liegen von Heidrun und Steffi waren
unmittelbar nebeneinander. Die anderen drei
Frauen hatten ihre Liegeplätze am anderen
Ende des Raumes gefunden.
Es waren fast 30 Minuten vergangen, als Marion Wegner kam und fragte: „Ist Ilse bei euch?
Ich bin kurz nach euch aus der Sauna, sie wollte
aber noch ein bisschen nachschwitzen. Inzwischen müsste sie doch längst raus sein. Ich habe
schon im Ruheraum nachgesehen, dort ist sie

aber auch nicht. Ich gehe mal zur Feuersauna und sehe nach."

In diesem Moment ertönte draußen lautes Geschrei. Mehrere Stimmen riefen: „Feuer, es brennt! - Hilfe es brennt!"

Alle rannten nach draußen und sahen, dass helle Flammen aus dem Dach der *Feuersauna* schlugen.

„Hilfe!", rief ganz laut Marion Wegner. „Vielleicht ist meine Freundin Ilse noch da drinnen, ihre Badeschuhe stehen doch noch vor der Tür!" Sie wollte dorthin stürzen.

Da aus der Tür schon Flammen züngelnden, wurde sie von zwei Männern daran gehindert. Inzwischen hatten drei andere Saunagäste, jeder mit einem Feuerlöscher bewaffnet, versucht, zu dem nunmehr hell brennenden Gebäude vorzudringen – vergeblich.

Die beiden Männer hielten Marion Wegner noch immer fest und einer von ihnen sagte: „Sie können hier nichts tun, wenn Ihre Freundin wirklich noch da drin ist, kommt sicher jede Hilfe zu spät." Die beiden, es stellte sich später heraus, dass sie Angehörige der Bereitschaftspolizei waren, sorgten dann dafür, dass die übrigen Saunagäste zurückwichen und Platz machten für die anrückende Feuerwehr, deren Signal schon zu hören war.

Nach wenigen Minuten, die allen Anwesenden wie Stunden vorkamen, fuhr ein erster Löschzug auf die Liegewiese vor die brennende Sauna. An der Längsseite des Geländes befindet sich eine Feuerwehrzufahrt und vom Saunapersonal war unmittelbar nach Alarmierung der Feuerwehr das Tor geöffnet worden.

Die Feuerwehrmänner (es war auch eine Frau dabei) saßen ab und rollten Schläuche aus. Sie wussten, was zu tun war. Der Zugführer ging zu Marion Wegner und den beiden Bereitschaftspolizisten und ließ sich Bericht erstatten. Als er erfuhr, dass möglicherweise noch eine Person im brennenden Objekt sei, meinte er: „Da kann ich unmöglich einen meiner Leute hineinschicken, aber wir starten einen Versuch."

Dann kam auch schon der Befehl: „Wasser marsch!" und aus drei C-Rohren wurde die Brandbekämpfung aufgenommen. Man konzentrierte sich zunächst auf die Tür und legte einen Wasserschleier darüber. Ein Feuerwehrmann in voller Schutzbekleidung ging darauf zu. Es gelang ihm, die Tür zu öffnen. Er rief: „Hier liegt eine Person!" Zwei seiner Kollegen, auch in Schutzbekleidung, eilten herbei und gemeinsam gelang es ihnen, eine Frau herauszuziehen und etwa zehn Meter vom brennenden Haus entfernt auf der Wiese abzulegen. Ein Saunagast rief: „Ich bin Arzt!" und eilte hinzu.

Die Frau war natürlich nackt. Stark angesengte Reste des Handtuches, auf dem sie gelegen hatte, waren mit herausgezogen worden. Ihre Haare waren völlig verbrannt und man konnte in ihrem Gesicht und am gesamten Oberkörper starke Brandverletzungen erkennen.

Der Arzt stellte nach einer kurzen Untersuchung fest: „Hier kann man nichts mehr machen, die Frau ist tot. Wenn sie nicht an den Brandverletzungen gestorben ist, dann an Sauerstoffmangel und Raucheinatmung. Letzteres halte ich für wahrscheinlich, aber das Ganze ist natürlich ein Fall für die Gerichtsmedizin."

Die Feuerwehr, inzwischen waren weitere Löschfahrzeuge eingetroffen, hatte den Brand unter Kontrolle gebracht. Das Saunagebäude war nicht zu retten, das Dach war eingestürzt und alles brannte bis auf die Grundmauern nieder. Ein Übergreifen des Feuers auf benachbarte Gebäude konnte aber verhindert werden.

Der Leiter des Einsatzes, Wehrführer Michael Gerber, sprach mit dem inzwischen eingetroffenen Betreiber der *Sauna-Oase* und sagte: „Wir werden jetzt abrücken und eine Brandwache zurücklassen, alles andere ist Sache der Polizei. Hier werden die Kollegen vom K10 der *Regionalen Kriminalinspektion* (RKI) Darmstadt tätig werden müssen.

Da es eine Tote gegeben hat, wird neben der Abteilung *Brandursachenermittlung* und der *Kriminaltechnik* sicher auch die Abteilung *Gewaltverbrechen* einbezogen.

Ich halte es für erforderlich, dass die Personalien aller Anwesenden festgehalten werden. Außerdem darf niemand den Brandort und sein Umfeld betreten, aber dafür sorgen schon meine Leute."

Mit diesen Worten verabschiedete er sich.

Die Saunagäste gingen in die Umkleideräume und zogen sich an, soweit dies nicht schon geschehen war. Dann versammelten sich alle in der Gaststube.

3.

Donnerstag, 9. März, 19:30 Uhr

Kriminalhauptkommissar Lutz Waski saß mit seinen Schwiegereltern, Lieselotte (genannt Lilo) und Werner Brenner, gemütlich in deren Wohnzimmer. Die beiden ehemaligen Lufthanseaten hatten Mitte der 80-iger Jahre des vorigen Jahrhunderts in der Eppertshausener Straße *Am Kreuzfeld* ein schönes Zweifamilienhaus gebaut.

2019 waren sie ins Erdgeschoss gezogen und oben ist ihre Tochter Steffi mit ihrem Mann Lutz und dem damals einjährigen Tobias eingezogen. Steffis Eltern hatten zuvor richtig viel Geld in die Hand genommen. Es wurden alle Zimmer renoviert, eine moderne Küche eingebaut und das Bad neugestaltet. Im Gäste-WC gab es jetzt eine zusätzliche Duschkabine.

Steffi und Lutz Waski, die 2015 geheiratet hatten, waren zuvor beide bei der Kriminalpolizei in Gera beschäftigt, sie als Chefsekretärin der MUK[3], er zum Schluss als Oberkommissar.

---

[3] MUK steht für Morduntersuchungskommission.
Einige Fälle deren Arbeit sind beschrieben in:
Der Tote vom Teufelstal   ISBN978-3-8448-1229-9
Der Tote auf Gleis 2   ISBN 978-3-7322-8496-6
Die Tote in Kabine 8032   ISBN 978-3-8391-4764-1

Der Umzug nach Hessen wurde möglich, weil Lutz die Stelle des Leiters der Abteilung Gewaltverbrechen im Kommissariat K10 der *Regionalen Kriminalinspektion* (RKI) Darmstadt erhalten hatte und zum Kriminalhauptkommissar befördert worden war. Noch während des Umzugs erhielt er seinen ersten Fall, den er mit seinem Team bravourös löste.[4]

Die beiden Kinder, der mittlerweile fast fünfjährige Tobias und seine Schwester Cosima, deren zweiter Geburtstag im Januar gefeiert worden war, lagen in ihren Bettchen. Opa Werner hatte – wie eigentlich fast jeden Tag – Tobias eine Geschichte erzählt, die er während des Erzählens erfand und in deren Mittelpunkt ein Junge stand, der nur wenig älter als Tobias war. Indessen hatte Oma Lilo die kleine Cosima in den Schlaf gesungen.

Lutz Waski dachte: „Es ist ja wunderbar, wie sich Steffis Eltern um die Kinder kümmern. Meine anfänglichen Bedenken wegen *Alt und Jung unter einem Dach* waren zum Glück völlig überflüssig."

„Die Kinder sind gleich eingeschlafen", sagte Lilo, „sie waren auch von dem Herumtoben bei dem schönen Frühlingswetter im Garten rechtschaffen müde.

---

[4] Siehe: Die Tote im Abteiwald. ISBN 9783739249032

Die Babyphone sind eingeschaltet und ich werde euch mal zwei Bier holen."

„Für mich bitte nicht", entgegnete Lutz", ich will ja nachher noch Steffi von der Sauna abholen."

In dem Moment klingelte sein Handy. Lutz blickte aufs Display und meinte: „Steffi ruft aber zeitig an, sonst bleiben die Frauen doch meist etwas länger."

Er nahm das Gespräch entgegen und Steffi sagte ganz aufgeregt: „Lutz, du musst sofort herkommen. Hier hat es gebrannt, eine Sauna ist völlig abgebrannt, die Feuerwehr ist da und Ilse ist tot. Komm bitte sofort."

Lutz versuchte, seine Frau zu beruhigen und erklärte, dass er natürlich gleich losfahren würde, zuvor nur noch seine Dienstelle informieren müsse.

Er rief das RKI an und erreichte den Diensthabenden. Der sagte: „Lutz, gut dass Sie anrufen, ich wollte Sie auch gerade bitten, sich um den Brand in Eppertshausen zu kümmern. Die Meldung ist eben bei uns eingetroffen und ich habe bereits veranlasst, dass eine Streife der Dieburger Kollegen dorthin fährt."

„Das ist gut", antwortete Kommissar Waski. „Meine Frau ist in der Sauna und hat mich eben angerufen. Es gibt wohl eine Tote. Ich fahre jetzt hin und melde mich, wenn ich einen ersten Überblick habe.

Sicher müssen unsere Brandursachenermittler und die *Spusi*[5] tätig werden. Ich nehme an, dass Sie Hauptkommissar Sommer und die Kollegen der Kriminaltechnik verständigen."
Kommissar Matthes erklärte, dass alle notwendigen Schritte eingeleitet werden und selbstverständlich auch der Leiter des K10, Kriminalrat Torsten Haase, ins Bild gesetzt würde.

---

[5] *Spusi* steht für die Abteilung Spurensicherung innerhalb des Bereiches Kriminaltechnische Untersuchungen (KTU) der RKI

4.

Donnerstag, 9. März, 20:20 Uhr

Kriminalhauptkommissar Lutz Waski musste das Blaulicht auf das Dach seines Autos setzen, um sich einen Weg durch die Menge der Neugierigen zu bahnen, die die Zufahrt zur *Sauna-Oase* blockierten. Diese bekamen allerdings außer einem abrückenden Löschfahrzeug nichts zu sehen.

Lutz Waski fuhr auf den Besucherparkplatz, stieg aus und ging zum Haupteingang. Dieser war verschlossen. Nach längerem Klingeln und Klopfen kam eine junge Frau vom Personal, schaute durch eine Luke und sagte: „Wir können zurzeit niemand hereinlassen." „Mich schon", entgegnete der Kommissar und zeigte seinen Dienstausweis.

Die Tür wurde geöffnet und die beiden gingen in die Gaststube, wo die inzwischen bekleideten Saunagäste versammelt waren und wild durcheinander redeten. In einer Ecke saßen an einem Tisch Steffi Waski, ihre drei Begleiterinnen, ein Feuerwehrmann sowie der Saunabetreiber. Als Steffi ihren Mann erblickte, stürzte sie auf ihn zu, warf sich in seine Arme und schluchzte: „Lutz, das ist schrecklich, die *Feuersauna* ist abgebrannt und Ilse ist tot."

„Ja, das ist furchtbar", lautete die Antwort. „Ich muss mir ein Bild von dem ganzen Geschehen

19

machen. Lass uns zu deinen Freundinnen gehen und stelle mir diese bitte kurz vor. Heidrun Schledt kenne ich natürlich, aber wer sind die andern?"

Steffi zeigte nacheinander auf die beiden Frauen und sagte: „Das ist Marion Wegner und dies ist Birgit Gruber." Sie redete weiter: „Zusammen mit Ilse Schmidt, die tot ist, haben wir uns öfter donnerstags hier getroffen und meist auch an dem *Finnischen-Sauna-Ritual* teilgenommen."

Dann nahm Marion Wegner das Wort: „Ilse Schmidt und ich sind – ich muss jetzt wohl sagen waren – sehr eng befreundet. Unsere Wohnungen liegen nebeneinander, wir sind beide alleinstehend und haben viel zusammen unternommen. Ich kann nicht fassen, was hier passiert ist. Wir waren doch noch gemeinsam beim *Ritual* und als später Ilse nicht kam, wollte ich nachsehen. Aber da hat schon alles gebrannt."

„Mit ihnen möchte ich mich nachher ausführlich unterhalten", übernahm Lutz Waski wieder die Gesprächsführung. „Jetzt möchte ich aber erst einmal die Feuerwehr zu Wort kommen lassen.

Zugführer Michael Gerber berichtete, dass der Alarm 19:32 Uhr eingegangen sei und der erste Löschzug 19:39 Uhr am Brandherd war. Er schilderte dann, dass es gelungen war, eine weibliche Person aus dem brennenden Gebäude zu retten, bevor man dieses nur noch kontrolliert niederbrennen lassen konnte. „Leider war der Frau nicht mehr zu helfen", setzte Gerber seinen Bericht fort. „Ein Arzt, der unter den Saunagästen war, kam gleich, konnte aber nur noch den Tod der Frau feststellen. Der wenige Minuten nach uns gekommene Notarzt kam zum gleichen Ergebnis. Die beiden Ärzte stehen dort drüben."

Lutz Waski ging zu diesen, stellte sich vor und bat um ihre Meinung. Beide waren einhellig der Ansicht, dass die junge Frau schon tot war, als sie von der Feuerwehr geborgen wurde. Ob ihr Tod durch die schweren Brandverletzungen, durch Sauerstoffmangel oder durch eine Rauchvergiftung eingetreten ist, muss von der Gerichtsmedizin geklärt werden.

Der Kommissar bedankte sich, wollte zurück zu den Frauen gehen, als die Streife der Polizeistation Dieburg eintraf.

„Hallo Philipp," begrüßte er Polizeihauptmeister (PHM) Philipp Martin, „treffen wir wieder einmal bei einem Todesfall zusammen. Was für eine hübsche Kollegin haben Sie denn diesmal mitgebracht?"

„Ich bin Polizeimeisteranwärterin Miriam Fendt und komme frisch von der Schule. Seit Januar bin ich in Dieburg", lautete die Antwort der jungen Frau, die direkt etwas rot geworden war. Sie war schlank, hatte ihre dunkelblonden Haare zu einem Pferdeschwanz gebunden und machte trotz ihrer sportlichen Figur einen fraulichen Eindruck. Lutz Waski, der sie auf Anhieb sympathisch fand, schätzte ihr Alter auf Mitte zwanzig.

„Na dann auf gute Zusammenarbeit" sagte er. Dann bat er die beiden, gemeinsam mit dem Personal der Sauna von allen Anwesenden die Personalien aufzunehmen und zu fragen, ob jemand etwas Ungewöhnliches bemerkt hat. Danach könne man die Saunagäste entlassen.

Der Kommissar ging zurück und wandte sich an den Betreiber der *Sauna-Oase* mit der Frage, ob er sich erklären könne, wie es zu dem Brand gekommen sei.

Dieser hatte aber absolut keine Erklärung und betonte, dass erst kürzlich die gesamte Anlage von der Feuerwehr überprüft worden war, was auch im Hinblick auf die Versicherung bedeutsam ist. Er sagte aber im gleichen Atemzug: „Der Sachschaden ist ersetzbar, aber dass bei uns ein Saunagast zu Tode kam, ist natürlich absolut tragisch."

Inzwischen war es ziemlich genau 21:00 Uhr, als zwei Kollegen der Regionalen Kriminalinspektion (RKI) Darmstadt eintrafen.

Es waren der Leiter der Abteilung Brandursachenermittlung, Hauptkommissar Clemens

Sommer, und ein Mitarbeiter der Kriminaltechnik (KTU), Hauptkommissar Wohlfeld.

Beide wurden von Lutz Waski begrüßt und umfassend ins Bild gesetzt und zu dritt gingen sie zu dem inzwischen niedergebrannten Gebäude. Die Hauptkommissare (HK) Sommer und Wohlfeld umrundeten mit wachem Blick die noch immer qualmende Ruine und HK Waski begann eine Unterhaltung mit den beiden als Brandwache zurückgebliebenen Feuerwehrleuten.

„Ich hätte gern mit dem Kollegen von Ihnen gesprochen, der die Frau aus dem brennenden Gebäude geborgen hat", sagte Lutz Waski.

„Das war ich", meldete sich der jüngere der beiden Feuerwehrmänner zu Wort. „Da ich in voller Schutzausrüstung steckte und die Kollegen einen Wasserschleier über die Tür legen konnten, hielt sich das Risiko in Grenzen. Aber viel später hätte ich nicht kommen dürfen, weil dann das brennende Dachgebälk herunterkam. Erst habe ich die Tür kaum aufbekommen, sie war irgendwie verklemmt, hat dann aber zum Glück nachgegeben. Die Frau lag auf dem Boden, ihre Haare und das Handtuch, auf dem sie lag, waren verbrannt und ich hatte gleich den Eindruck, dass ihr nicht mehr zu helfen war. Das Bild von der nackten Frau auf dem Fußboden werde ich wohl so schnell nicht loswerden."

HK Waski bedankte sich sehr bei dem jungen Mann und meinte, dass er psychologische Betreuung in Anspruch nehmen solle.

„Dies hat der Chef auch gesagt und wollte das in die Wege leiten", lautete die Antwort. „Da ich aber nach dem Einsatz nicht allein bleiben wollte, habe ich mich freiwillig zur ersten Brandwache gemeldet."

Inzwischen waren die beiden Kommissare von ihrer Runde zurückgekehrt.

HK Sommer sagte: „Eine gründliche Ermittlung zur Brandursache können wir erst morgen früh beginnen, wenn das Feuer vollständig erloschen ist. Mit Sicherheit lag der Brandherd im Inneren des Gebäudes. Was uns auffiel, sind zahlreiche Flaschen bzw. Scherben im Eingangsbereich der Sauna.

Gibt es dafür eine Erklärung?"

„Ich denke, dass dies mit dem unmittelbar vor dem Brand stattgefundenen *Finnischen-Sauna-Ritual* zusammenhängt", antwortete Lutz, „aber wir werden meine Frau befragen, die dabei gewesen ist."

„Na, ich werde das Ganze erst einmal sicherstellen", ergänzte HK Wohlfeld.

Die drei Kommissare begaben sich wieder in den Gastraum, wo um einen großen runden Tisch Steffi Waski, ihre Freundin Heidrun, Marion Wegner, und Birgit Gruber sowie der

Saunabetreiber und Zugführer Gerber saßen. Die beiden Dieburger Polizisten waren eben dazugekommen und berichteten, dass die Personalien aller Saunagäste aufgenommen wurden und keiner von diesen etwas Ungewöhnliches bemerkt hat. Die Gäste sind alle entlassen worden.

HK Wohlfeld fragte nach den Flaschen vor der Feuersauna und erfuhr, dass diese im Zusammenhang mit dem *Finnischen-Sauna-Ritual* stünden. Während der erste Durchgang läuft, werden vom Personal die vorher bestellten Flaschen mit Bier oder alkoholfreien Getränken vor der Sauna bereitgestellt. In der Pause kann sich dann jeder seine Flasche nehmen.

HK Lutz Waski übernahm das Kommando und führte aus:

„Hier bleibt uns vorerst nichts mehr zu tun. Die Kollegen Sommer und Wohlfeld werden mit ihren Leuten morgen früh mit der gründlichen Untersuchung beginnen.

Die Tote Ilse Schmidt wird unverzüglich in die Gerichtsmedizin nach Frankfurt gebracht, ich werde gleich noch dort anrufen."

Die Dieburger Kollegen, inzwischen war ein weiterer Streifenwagen eingetroffen, werden noch das Objekt sichern und alle Räume versiegeln. Ich denke, die Personalien der Angestellten wurden auch erfasst." POM Martin nickte und Waski fuhr fort: „Dann können alle nach

Hause gehen. Ich möchte mich aber noch mit Frau Wegner unterhalten. Bei diesem Gespräch hätte ich gern die Kollegin Fendt dabei. Ich hoffe, Sie" – und dabei sah er PHM Philipp Martin an – „sind einverstanden." Dieser bekundete durch Kopfnicken seine Zustimmung und Miriam Fendt sagte erfreut: „Herr Hauptkommissar Waski, ich nehme gern an dem Gespräch mit Frau Wegner teil. Mein Wunsch ist es sowieso, später einmal bei der Kriminalpolizei zu arbeiten."

Waski antwortete: „Na, Miriam, das wird die Zeit zeigen. Hübsche und engagierte Kolleginnen können wir immer gebrauchen. Übrigens reden wir uns untereinander mit Vornamen und *Sie* an und verzichten auf jegliche Titelei. Jetzt würde ich Sie bitten, die Unterhaltung mit Frau Wegner aufmerksam zu verfolgen. Wenn Ihnen etwas auffällt, können Sie auch eingreifen und später halten Sie das Wichtigste in einem Protokoll fest."

Dann wandte er sich an Marion Wegner und sagte: „Ich schlage vor, dass wir drei unser Gespräch bei Ihnen zuhause führen."

„Einverstanden," lautete die Antwort. „Aber was wird mit den Sachen von Ilse? Ihre Badetasche ist hier und ihre Kleidung befindet sich in ihrem Schrank."

Es stellte sich heraus, dass sich in der Badetasche der Schlüssel für den Schrank in der Umkleidekammer befand. Miriam Fendt nahm die Tasche an sich und ging zusammen mit Frau Wegner zum Umkleideraum für Frauen. Dort öffneten sie den Schrank und legten Schuhe und Kleidung der Toten sowie alles, was sonst noch in dem Spind war, in die Badetasche, die dann die Polizistin an sich nahm.

Die beiden Frauen kamen zurück und dem allgemeinen Aufbruch stand nichts mehr im Wege. Lutz Waski verabschiedete sich mit einem Kuss von seiner Frau, meinte, dass es spät werden könne und stieg zusammen mit Marion Weber und Miriam Fendt in sein Auto.

Steffi Waski wurde von ihrer Freundin Heidrun Schledt mitgenommen.

5.

Donnerstag, 9. März, 22:00 Uhr

Die Uhr zeigte genau 22:00 Uhr als Lutz Waski, Miriam Fendt und Marion Wegner vor einem schmucken Wohnhaus aus dem Auto stiegen. Sie waren nur wenige Meter gefahren und befanden sich in der Görlitzer Straße, einer kleinen Sackgasse im Eppertshausener Wohngebiet südlich der Babenhäuser Straße. Das dreigeschossige Haus, in dem Marion Wegner und Ilse Schmidt die beiden oberen, nebeneinanderliegenden Wohnungen gemietet hatten, lag am Ende der Straße, sodass man aus den nach Süden gerichteten Zimmern einen wunderschönen Blick auf die Nachbargemeinde Münster und die Hänge des Odenwaldes hatte.

Kommissar Waski hatte kurz vor dem Haus einen Parkplatz gefunden. Alle drei stiegen aus und gingen die paar Schritte zur Haustür, die sich rechts von der Abfahrt zur Tiefgarage befand. Marion Wegner schloss auf und sagte: „Die 48 Stufen nach oben müssen wir laufen, einen Lift haben wir nicht."

Oben angekommen befanden sich auf dem Treppenabsatz zwei Wohnungstüren, wie in den beiden darunter liegenden Etagen auch. Frau Wegner öffnete die linke mit dem Hinweis, dass rechts die Wohnung von Ilse Schmidt sei. Die drei traten ein und kamen in

einen Flur, an dessen Ende schon das Wohnzimmer zu sehen war. Marion Wegner erläuterte, dass die übrigen Türen zu Bad, Arbeits-
und Schlafzimmer sowie einem Gäste-WC
gehörten. Eine Treppe führt nach oben, wo sich
im Dachgeschoss noch ein Raum und ein Bad
befinden.

Das Wohnzimmer war recht geräumig und
sparsam möbliert. An der Ostseite gab es einen
großen Balkon und nach Süden eine kleine
Loggia. Links hinten war eine kleine Küche
abgetrennt.

Marion Wegner bat ihre beiden Gäste in der
Sesselgruppe, die um einen kleinen dreieckigen
Tisch gruppiert war, Platz zu nehmen und
fragte, ob sie etwas zum Trinken anbieten
könne, was die beiden ablehnten. Dann sagte
sie: „Ilse bewohnt – ach ich muss wohl sagen
bewohnte – nebenan die gleiche Wohnung, wo
die Räume nur spiegelverkehrt angeordnet sind.
Ich kann mir überhaupt noch nicht vorstellen,
dass sie nie mehr hierher zurückkommen wird.“

Lutz Waski übernahm die Gesprächsführung
und wollte als erstes etwas mehr über Ilse
Schmidt wissen. Insbesondere interessierte ihn,
ob es Angehörige gibt, die verständigt werden
müssen.

Die beiden Polizisten erfuhren Folgendes:

Ilse Schmidt war 36 Jahre alt und geschieden.
Ihre Eltern waren zusammen mit ihrem Bruder

und dessen Frau vor acht Jahren bei einem Unfall während eines Urlaubs in Spanien ums Leben gekommen. Einziger Überlebender war ihr Neffe, der derzeit in Australien lebt und zu dem sie nur sehr wenig Kontakt hatte.

„Ilse und ich", erzählte Marion Wegner weiter, „haben in Frankfurt studiert, sie BWL und Informatik und ich Pharmazie. Wir haben zusammen mit noch einer Kommilitonin in einer WG gehaust und sind gute Freundinnen geworden. Das waren schon wilde Zeiten damals. 2011 hatten wir unseren Bachelor in der Tasche. Ilse fing dann bei der Spedition *HessenTrans* hier in Eppertshausen an, wo sie zum Schluss Mitglied der Geschäftsleitung und Prokuristin war.

Ich habe noch den Masterabschluss gemacht und danach in der Schlossapotheke Münster als PTA begonnen. Heute bin ich dort die stellvertretende Leiterin.

Mit Männern haben wir aber beide kein Glück gehabt.

Ilse hatte sich gleich zu Beginn ihrer Tätigkeit bei *Hessen-Trans* in einen der Fernfahrer verliebt und die zwei haben 2012 geheiratet. Die Ehe mit Olaf Bauer hat aber nicht gut funktioniert. Olaf war krankhaft eifersüchtig und ein absoluter Kontrollfreak. Durch seine Tätigkeit war er oft mehrere Tage hintereinander abwesend und er hat alles versucht, Ilse in dieser Zeit nachzuspionieren. Laufende Kontrollanrufe waren noch das Geringste. Er hatte ihr heimlich eine App aufs Handy gespielt, mit der er sie überwachen konnte, und auch einen Freund beauftragt, seine Frau zu beobachten.

Ilse hat sich das nicht bieten lassen und die beiden hatten immer öfter Krach und als Olaf sie geschlagen hat, war für Ilse Schluss. 2014 wurden die beiden geschieden. Olaf hat die Trennung bis heute nicht akzeptiert. Er hat Ilse weiter nachgestellt, ja, sie regelrecht gestalkt. Er soll auch Morddrohungen geäußert haben. Jedenfalls hat Ilse ihre Telefonnummer geändert und bei Gericht einen Beschluss erwirkt, dass sich Olaf ihr nicht nähern darf."

Marion legte eine Pause ein und Frau Fendt nutzte diese, um zu fragen: „Frau Wegner, Sie sagten vorhin, dass sie beide kein Glück mit Männern gehabt hätten. Was ist mit Ihnen?"

Die Antwort war kurz: „Ich habe meinen Kerl vor zwei Wochen hier aus der Wohnung gejagt, mehr möchte ich aber nicht dazu sagen."

Lutz Waski erhob sich und sagte: „Frau Wegner, wir danken Ihnen für die ausführlichen Informationen. Da es schon recht spät ist, werden wir unsere Unterhaltung morgen oder in den nächsten Tagen fortsetzen. Jetzt möchten wir nur noch einen kurzen Blick in die Wohnung von Frau Schmidt werfen. Bitte geben sie uns den Schlüssel."

„Ich möchte gern mit rüber kommen," lautete die Antwort. Der Kommissar nickte und alle drei gingen zur Tür. Marion Wegner händigte den Polizisten einen Schlüsselbund aus und erklärte, dass sich daran Wohnungs-, Haustür- und Kellerschlüssel befänden und außerdem der Autoschlüssel. Der PKW Golf von Ilse stünde auf dem Platz 6 in der Tiefgarage.

Lutz Waski und die beiden Frauen betraten die Wohnung. Diese machte einen aufgeräumten Eindruck und die Polizisten stellten fest, dass Haustiere wie Katze, Vogel, Fische oder Hamster offensichtlich nicht versorgt werden müssen und dass die wenigen Blattpflanzen es auch noch aushalten würden. Lutz Waski erklärte: „Wir werden jetzt die Wohnung verschließen und versiegeln und uns morgen näher hier umsehen. Sicher finden wir dann auch die Anschrift des Neffen."
Die beiden Polizisten verabschiedeten sich von Marion Wegner und verließen das Haus.

Kommissar Waski rief seinen Chef an und erstattete Bericht.
Kriminalrat Haase bedankte sich und erklärte dann: „Lutz, da wir nicht wissen, ob überhaupt ein Tötungsdelikt vorliegt, ist ihre Abteilung vorerst aus dem Spiel. Mit der Leitung der Untersuchungen habe ich vorerst Hauptkommissar Sommer beauftragt. Wenn sein Bericht

zur Brandursache und Ergebnisse der Gerichtsmedizin vorliegen, sehen wir weiter. Wir treffen uns alle morgen 14:00 Uhr im Präsidium."

Damit war das Gespräch beendet und Lutz fuhr Miriam Fendt zurück zur *Sauna-Oase.*
Unterwegs fragte er, welchen Eindruck Marion Wegner auf sie gemacht hat. Er bekam zur Antwort: „Ich denke, die Frau war ehrlich erschüttert. Allerdings glaube ich, dass sie uns gegenüber nicht ganz offen war und mehr über Ilse Schmidt weiß, als sie uns gesagt hat."
Nachdenklich setzte Lutz Waski hinzu: „Da könnten Sie recht haben."
Dann war man auch schon am Ziel, wo die Dieburger Kollegen gerade dabei waren, die nächtliche Bewachung des Objektes zu organisieren. Dessen Schutz wollte Hauptkommissar Sommer nicht allein der Feuerwehr überlassen, da er Brandstiftung für sehr wahrscheinlich hielt.

Kommissar Waski verabschiedete sich und fuhr nach Hause.

6.

Lutz Waski betrat das Wohnzimmer seiner Schwiegereltern, wo diese mit seiner Frau zusammensaßen. Er begrüßte Steffi mit einem zärtlichen Kuss und Lilo und Werner Brenner mit einem freundlichen „Hallo".

„Was gibt es Neues", wollte seine Frau wissen. „Wir haben uns die ganze Zeit über den schrecklichen Vorfall unterhalten, alle möglichen Spekulationen angestellt, können uns aber keinen Reim auf die Sache machen. War es ein Unfall? Wie ist der Brand entstanden und wie ist Ilse ums Leben gekommen?"

„Das sind aber viele Fragen auf einmal", antwortete ihr Mann. „Ich kann zum jetzigen Zeitpunkt keine davon beantworten. Woran und wie Ilse Schmidt gestorben ist, muss die Gerichtsmedizin feststellen. Die Ermittlungen zur Brandursache kann Hauptkommissar Sommer mit seinen Leuten erst morgen früh beginnen, wenn das Feuer erloschen ist. Dann wird auch unsere *Spusi* ihre Arbeit aufnehmen können. Ich denke, am morgigen Nachmittag sollten erste Ergebnisse vorliegen. Dann dürfte auch klar sein, ob Unfall, Fahrlässigkeit oder auch mehr hinter der Sache steckt.
Steffi, jetzt erzähle aber du mir bitte, wie du das alles erlebt hast.

Sicher hast du das deinen Eltern schon ausführlich berichtet, aber ich muss mir ein Bild vom Ganzen machen und jetzt sind deine Erinnerungen noch frisch."

Steffis Bericht ergab Folgendes:

Sie und ihre Freundin Heidrun Schledt hatten sich am frühen Nachmittag – wie schon des Öftern – mit Birgit Gruber, Marion Wegner und Ilse Schmidt in der *Sauna-Oase* getroffen. Die fünf Frauen waren im gleichen Alter und kannten sich schon seit ihrer Schulzeit.

Nachdem sie verschiedene Saunen und das Dampfbad besucht hatten, wurde in der Gaststätte die obligatorische Pause eingelegt und bei Kaffee und Kuchen der neueste Klatsch ausgetauscht. Für das 18:00 Uhr beginnende *Finnische-Sauna-Ritual* hatten sich alle fünf angemeldet.

Steffi berichtete weiter: „Außer uns waren noch drei Männer mit in der *Feuersauna*. Zwei von ihnen waren offensichtlich ein Paar, ihr Verhalten war aber absolut korrekt. Sie haben sich wenig an der Unterhaltung beteiligt. Der dritte Mann war schon etwas älter und hat gar nichts gesagt. Der Saunameister, er hatte sich als Mirko vorgestellt und wir kannten ihn von früher, hat dann im Kamin Holz nachgelegt. Die Flammen hinter der Glastür loderten hell und wir kamen schön ins Schwitzen. Danach wurden im Wasser eingeweichte Birkenzweige auf den Steinen des Saunaofens ausgeklopft, wodurch die Luftfeuchtigkeit anstieg und ein angenehmer Duft den Raum durchzog.

Nach einer geraumen Weile wurden die inzwischen wieder eingeweichten Zweige im Raum geschwenkt, so dass ein leichter Birkenregen auf uns niederging.

Dann war Pause und wir begaben uns ins Freie. Vor der Tür hatte man inzwischen die bestellten Getränke bereitgestellt. Vier von uns und auch die drei Männer hatten Bier gewählt, nur Inge wollte Cola. Wir haben dann jeder unsere Flasche gegriffen und uns zugeprostet. Nach einer Weile gingen wir, jeder seine Flasche in der Hand, wieder in die Sauna hinein. Wer wollte, konnte sich vom Saunameister beim Hineingehen den Rücken mit Birkenzweigen abklopfen lassen. Nachdem alle wieder saßen, begann die dritte Runde, wieder zuerst ein Aufguss auf den Steinen und dann erneut ein Birkenregen.

Inzwischen war fast eine Stunde vergangen und Mirko wurde mit Beifall verabschiedet. Die leeren Getränkeflaschen stellten wir vor der Tür ab, es standen da aber auch noch volle.

Jetzt ging es unter die Duschen. Birgit duschte direkt vor der *Feuersauna,* Heidrun und ich vor dem Freiwasserbecken, dann stiegen wir ins kalte Wasser. Marion und Ilse wollten noch etwas nachschwitzen. Wir anderen gingen zu unseren Liegen, zogen die Bademäntel an und ruhten uns aus. Die Liegen von Birgit, Marion und Ilse waren am anderen Ende des Raumes. Ich war gerade etwas eingenickt, als Marion kam und nach Ilse fragte. Sie wollte nachsehen, wo diese blieb. Da ertönte plötzlich lautes Geschrei, weil die *Feuersauna* brannte.

Wir rannten alle hin, konnten aber nichts tun und warteten lange, bange Minuten, bis die Feuerwehr endlich kam. Marion rief immer: *Ilse ist noch drin*, ihre *Badeschuhe stehen noch hier!* – Es war schrecklich."

Mit den Worten: „Zum Glück kamst du ja dann auch bald", beendete Steffi ihre Rede.

Lutz nahm seine Frau in den Arm und drückte sie ganz fest an sich und sagte: „Ja, es ist ganz furchtbar, was du da hast erleben müssen und es wird auch einige Zeit dauern, bis du das Ganze einigermaßen verarbeitet hast. Wichtig ist aber, dass wir darüber reden können.

Das gilt natürlich auch für euch," wandte er sich an seine Schwiegereltern.

Schweigend saßen alle noch beieinander und jeder hing seinen Gedanken nach. Nach einer geraumen Weile sagten die jungen Leute *Gute Nacht* und verschwanden nach oben. Dort sahen sie nach ihren beiden Kindern, die friedlich schliefen. Sie gingen noch kurz ins Bad und lagen bald danach eng aneinander gekuschelt im Bett.

„Was war denn Ilse so für eine Frau?" wollte Lutz wissen. Steffi antwortete: „So genau habe ich sie eigentlich nicht gekannt. Klar waren wir zusammen auf der Schule, sie eine Klasse über mir, aber richtig befreundet waren wir nie. Auch jetzt haben wir uns meist nur donnerstags in der Sauna getroffen. Man soll ja über Tote nicht schlecht reden, aber sehr sympathisch war mir diese Frau nicht. Versteh´ mich bitte nicht falsch, unsere Gespräche verliefen immer freundlich, blieben aber stets an der Oberfläche. Ich hatte den Eindruck, dass Ilse sehr egozentrisch war und ihrer Karriere alles untergeordnet hat. Auch möchte ich bezweifeln, dass die Freundschaft mit Marion so dicke war. Vorige Woche haben sich die beiden jedenfalls ganz schön gezofft. Ich habe aber nicht mitbekommen, worum es ging. Mehr kann dir sicher Birgit sagen, die war mit den beiden enger verbunden. Aber natürlich bin ich sehr betroffen, dass Ilse so gestorben ist. Hoffentlich könnt ihr klären, wie das alles gekommen ist."

Lutz hatte aufmerksam zugehört und meinte: „Wenn morgen die Ergebnisse der Gerichtsmedizin und der Kriminaltechnik vorliegen, werden wir sicher mehr wissen. Jetzt sollten wir vielleicht langsam schlafen."
Arm in Arm schliefen die beiden bald ein.

7.

Freitag, 10. März, 8:30 Uhr

Hauptkommissar Lutz Waski war pünktlich in der RKI Darmstadt angekommen. Aus seinem Arbeitszimmer, das er sich mit seiner Stellvertreterin HK Melanie Forstmann teilt, hatte er einen Blick auf die Klappacher Straße und den angrenzenden Wald.

Wenige Minuten nach ihm kam seine Kollegin. „Guten Morgen Melanie, du siehst heute ja wieder bezaubernd aus", wurde sie von Lutz begrüßt.

Die junge Frau wirkte mit ihren kurzen blonden Haaren und ihrer schlanken, 1,75 m großen, sportlichen Figur jünger als sie war. Vor ein paar Tagen hatte sie ihren 37. Geburtstag gefeiert, wozu sie auch Lutz und seine Frau Steffi eingeladen hatte. Das Verhältnis zwischen Melanie und Lutz hatte sich prächtig entwickelt. Das war durchaus nicht so zu erwarten, als Lutz vor vier Jahren Melanies Chef wurde. Sie, damals noch Oberkommissarin, hatte sich auch auf die Stelle des Leiters der Abteilung Gewaltverbrechen beworben, aber der Neue aus Gera hatte die Stelle erhalten und wurde Kriminalhauptkommissar. In der Folgezeit haben die beiden sich aber bei der Arbeit und beim erfolgreichen Lösen zahlreicher Fälle hervorragend aufeinander eingespielt. Auch menschlich stimmt die Chemie zwischen ihnen und inzwischen sind beide per *Du*.

„Danke für das Kompliment und auch einen guten Morgen", erwiderte Melanie den Gruß. „Was gibt es Neues? Der Buschfunk berichtet von einem Brand und einer Leiche bei euch in Eppertshausen."

Kommissar Waski informierte seine Kollegin über den Stand der Dinge und sagte dann: „Der Chef hat die Leitung des Falles HK Sommer übergeben. Clemens und seine Leute von der Abteilung Brandursachenermittlung sowie ein Team der *Spusi* sind seit den frühen Morgenstunden vor Ort. Wenn sie fündig geworden sind und vor allem, wenn wir erste Ergebnisse vorliegen haben, sehen wir weiter. Der Kriminalrat hat für 14:00 Uhr eine Beratung angesetzt. Es ist gut, dass Steffi gestern Abend in der Sauna dabei war. Ich möchte gern alles, was wir schon wissen, in den PC tippen. Es wäre schön, wenn Du mal in Frankfurt bei der Gerichtsmedizin nachhaken könntest, aber vielleicht lässt du den Leichenschnipplern noch etwas Zeit."

Es war dann so gegen elf Uhr, Hauptkommissarin Forstmann hatte an ihrem Schreibtisch unvermeidlichen Papierkram erledigt, als sie zum Hörer griff, um die Gerichtsmedizin anzurufen.

Sie hatte Glück, die Sekretärin konnte sie gleich mit Dr. Bruns verbinden. Melanie hatte mit dem *rasenden Heiko*, wie Dr. Heiko Bruns wegen der Tatsache, dass er oft mit seiner schnellen Honda an Tatorten erschien, schon mehrfach erfolgreich zusammengearbeitet. Sie fand den Doktor recht sympathisch, was offenbar umgekehrt auch der Fall war. Jedenfalls sagte Dr. Bruns: „Hallo schöne Frau. Ich freue mich über Ihren Anruf und meine Freude wäre noch größer, wenn ich nicht annehmen müsste, dass er dienstlich ist. Wir wollten uns doch schon immer einmal privat zu einem Essen verabreden."

„Na, da müsste die Einladung aber doch wohl von Ihnen kommen", antwortete Melanie.

„Aber Sie haben recht, ich rufe dienstlich an. Können Sie uns schon etwas zu der Frau sagen, die gestern bei dem Brand in der Eppertshausener *Sauna-Oase* ums Leben gekommen ist?"

„Ja, wir haben mit der Untersuchung begonnen", sagte Dr. Bruns. „Die Tote wies ganz erhebliche Brandverletzungen auf. Mit Sicherheit können wir aber sagen, dass diese erst post mortem entstanden sind, also erst, nachdem die junge Frau schon tot war. Auch Rauchvergiftung können wir als Todesursache ausschließen, Lunge und Atemwege wiesen keinerlei Rauchpartikel auf. Die Frau, wir schätzen ihr Alter auf vierzig plus, minus fünf Jahre, war in sehr guter körperlicher Verfassung und es gibt keine Anzeichen für irgendeine chronische

Erkrankung. Dennoch ist akutes Herzversagen die Todesursache. Dabei deuten allerdings Veränderungen an den inneren Organen darauf hin, dass Gift im Spiel war. Näheres wissen wir aber erst, wenn die Ergebnisse der toxikologischen Untersuchungen vorliegen. Ich habe den Leichnam auch sorgfältig auf eventuelle Einstichstellen untersucht, bin aber nicht fündig geworden, was aber auch an den Brandverletzungen liegen kann. Meinen vorläufigen Bericht lasse ich Ihnen gleich per E-Mail zukommen. Sie hören von uns, wenn wir mehr wissen.

Und noch eine Bemerkung zum Schluss: Diesmal vergesse ich die Einladung zum Essen bestimmt nicht wieder."

Noch bevor die etwas verblüffte Kommissarin antworten und sich bedanken konnte, hatte Dr. Bruns aufgelegt.

HK Forstmann fertigte eine Aktennotiz vom soeben geführten Telefonat an und suchte Lutz Waski, den sie beim Aktenstudium im Archiv fand. Sie berichtete über die Fakten, die Dr. Bruns genannt hatte, worauf Lutz sagte:

„Wir müssen also annehmen, dass beim Tod von Ilse Schmidt Fremdverschulden vorliegt. Damit wird das sicher ein Fall für unsere Abteilung. Warten wir ab, wie der Kriminalrat nachher entscheidet. Ich möchte jetzt schon einmal die Mitarbeiter unserer Abteilung informieren."

Lutz Waski griff zum Handy und bat Kommissarin Gisela Bernd, eine attraktive, 28 Jahre alte, sehr engagierte Polizistin und Kommissar Ralf Kleinert in sein Zimmer zu kommen.

Beide kamen nach kurzer Zeit. Ralf, ein kräftiger junger Mann von 27 Jahren, den man den aktiven Sportler auf den ersten Blick ansah, ließ seiner Kollegin den Vortritt und alle vier nahmen an dem kleinen runden Tisch Platz.

Lutz Waski schilderte die Fakten und sagte dann: „Ich will dem Chef nicht vorgreifen, bin mir aber sicher, dass er uns nachher den Fall übertragen wird, zumindest was den Tod von Ilse Schmidt betrifft. Über diese Frau müssen wir mehr erfahren. Marion Wegner kann uns sicher mehr sagen als wir bisher von ihr erfahren haben. Gisela, stellen Sie doch schon einmal zusammen, was wir über Frau Wegner wissen.

Eine Rolle könnte auch Olaf Bauer spielen, der Ex-Mann der Toten. Sie, Ralf, bitte ich, sich um ihn zu kümmern. Er müsste eigentlich aktenkundig sein, da ein Gerichtsurteil gegen ihn vorliegen soll. Wichtig wäre zu wissen, wo er sich gestern am Nachmittag und Abend aufgehalten hat.

Ich selbst werde in die Spedition *Hessen-Trans* fahren. Kriminalrat Haase sagte mir, dass die Geschäftsführung dort über den Tod von Ilse Schmidt informiert wurde. Da wird es sicher

Probleme geben, wenn eine leitende Mitarbeiterin plötzlich ausfällt.

Ich denke, es wird auch notwendig werden, sich in der Wohnung von Ilse Schmidt nochmals umzusehen, und zwar gründlich. Ich werde nachher bei der Beratung vorschlagen, dass die *Spusi* dort die Arbeit aufnimmt."

Kommissar Waski beendete. die Besprechung mit den Worten: „Wenn es keine Einwände gibt, machen wir jetzt Mittagspause. Danach könnt ihr mit den Recherchen beginnen."

8.

Freitag, 10. März, 14:00 Uhr

Im Beratungsraum des Kommissariats K10 der RKI Darmstadt saßen sechs Personen um den runden Tisch in der Mitte des Raumes.

Es waren dies der Leiter des K10, Kriminalrat Torsten Haase, der Leiter der Kriminaltechnik (KTU), Hauptkommissar Daniel Goebel, und die Leiter der Abteilungen Brandursachenermittlung und Gewaltverbrechen, die Hauptkommissare Clemens Sommer und Lutz Waski, sowie dessen Stellvertreterin Hauptkommissarin Melanie Forstmann.

Der Kriminalrat eröffnete die Beratung und bat als erstes HK Waski, die bisher bekannten Fakten zu dem Brand in der Eppertshausener *Sauna-Oase* vorzutragen.

Lutz berichtete und ging dabei ausführlich auf die Fakten ein, die er von seiner Frau Steffi erfahren hatte. Dazu sagte er: „Ich habe eine entsprechende Aktennotiz angefertigt und in unser System eingespeichert."

„Das ist gut", bedankte sich KR Haase. „Ich denke, es ist ein glücklicher Umstand, dass Ihre Frau gestern anwesend war.

Jetzt wollen wir aber erst einmal hören, was uns Clemens zur Brandursache sagen kann.

Kollege Sommer, Sie haben das Wort."

Dieser begann: „Mit nahezu hundertprozentiger Sicherheit kann ich sagen, dass Brandstiftung vorliegt.

Wir haben das Gebäude, das heißt, was davon übrig war, gründlich untersucht und sind auf Spuren eines Brandbeschleunigers, wahrscheinlich Grillkohlenanzünder, gestoßen. Mit hoher Wahrscheinlichkeit haben der oder die Brandstifter einige von den trockenen, neben dem Kamin gestapelten Holzscheiten vor die Glastür des Kamins gelegt und mit der Flüssigkeit übergossen. Danach wurden die Tür geöffnet und mit dem immer bereit liegenden Feuerhaken einige brennende Holzstücke herausgezogen. Es war dann eine Sache von Minuten, bis alles in Flammen stand. Das ausgetrocknete Holz der Bänke, die restlichen gestapelten Holzscheite sowie die gesamte Blockhauskonstruktion haben gebrannt wie Zunder.

Der Brandbeschleuniger könnte sich in einer der Flaschen befunden haben, wie sie im Rahmen des *Sauna-Rituals* verwendet worden waren. Hierzu kann aber Daniel sicher mehr sagen."

HK Daniel Goebel räusperte sich und begann: „Wir haben natürlich das gesamte Arsenal gründlich unter die Lupe genommen, wobei uns die im Zusammenhang mit dem *Sauna-Ritual* stehenden Flaschen besonders interessierten.

Es sind dies fast alles handelsübliche Bierflaschen mit Bügelverschluss.

In einem Kasten, der etwas erhöht und abseits vom Gebäude stand, waren elf solche Flaschen, neun leer und zwei voll mit Bier. Außerdem waren noch zwei nicht angebrochene Glasflaschen mit Mineralwasser im Kasten. Alle hatten das Feuer unbeschadet überstanden, sicher auch, weil die Feuerwehr über den Eingangsbereich reichlich Wasser verspritzt hat.

„Jetzt, wo ich Ihre Aktennotiz gelesen habe" wandte er sich an Lutz Waski, „wissen wir, dass acht Personen am Ritual teilgenommen haben, wozu noch der Saunameister kommt.

Die Scherben einer vierzehnten Flasche, die allerdings nicht von einer Bierflasche stammen, haben wir dort gefunden, wo die Tür zur Sauna war. Wir vermuten, dass es sich um eine Cola-Flasche handelte und dass Ilse Schmidt aus dieser getrunken hat. Genaueres wird die weitere Untersuchung ergeben. An allen Flaschen, mit Ausnahme von zweien – ich komme gleich dazu – befinden sich Fingerabdrücke. Wir benötigen also Vergleichsabdrücke von sämtlichen beim Ritual anwesenden Personen sowie vom Saunapersonal, welches die Getränke bereitgestellt hat.

Nun zu den zwei Flaschen, an denen wir keine Fingerspuren finden konnten. In diesen hat sich zweifelsfrei Brandbeschleuniger befunden."

HK Göbel beendete seine Ausführungen mit den Worten: „Die übrigen Spuren im und um das Gebäude sind unergiebig, was nach einem Feuerwehreinsatz nicht verwundert."

Kriminalrat Haase bedankte sich und sagte: „Unsere Brandursachenermittler und Kriminaltechniker haben gute Arbeit geleistet.
Wenden wir uns nun der Toten zu. Was wissen wir über die Todesursache?"
Melanie Forstmann nahm das Wort und berichtete über das Ergebnis ihres Telefonates mit dem Rechtsmediziner Dr. Bruns und fasste zusammen: „Obwohl die Untersuchungen noch nicht abgeschlossen sind, hat sich Dr. Bruns festgelegt: Ilse Schmidt ist eines gewaltsamen Todes gestorben. Er tippt auf eine Vergiftung."

KR Torsten Haase übernahm wieder die Gesprächsführung: „Ich denke, wir sind alle einer Meinung: Es liegt ein, höchstwahrscheinlich genau geplantes, Tötungsdelikt vor und der Brand wurde gelegt, um Spuren zu verwischen. Zur Klärung dieses Falles bilden wir eine Sonderkommission, wir werden sie *Soko Sauna* nennen. Die Leitung wird Hauptkommissar Waski übernehmen. Über die Zusammensetzung entscheiden wir nachher. Jetzt machen wir eine kurze Pause und danach kann uns Lutz sagen, wie er sich das weitere Vorgehen denkt."

Es waren etwa fünfzehn Minuten vergangen, alle hatten wieder Platz genommen und Lutz Waski begann: „Wie der Chef schon gesagt hat, müssen wir von Mord ausgehen, der durch den Brand verschleiert werden sollte. Damit suchen wir Antworten auf die klassischen Fragen: **Warum? Wie? Wer**?

Zum Warum:
Auf den ersten Blick ist niemand zu erkennen, der ein Motiv für die Ermordung von Ilse Schmidt gehabt hat. Es muss aber mindestens eine solche Person geben. Wir müssen also das Leben des Opfers, ihre berufliche Tätigkeit, ihr Privatleben und ihr gesamtes Umfeld gründlich durchleuchten und dabei auch in die Vergangenheit schauen.

Mit ihrer – angeblich besten – Freundin Marion Wegner haben wir, Miriam Fendt, Polizeimeisteranwärterin von Dieburg, und ich, uns gestern Abend noch ausführlicher unterhalten. Ich verweise auf meine diesbezügliche Aktennotiz. Beide hatten wir den Eindruck, dass Frau Wegner nicht alles gesagt hat, was sie über ihre Freundin weiß. Ich halte es für nötig, Marion Wegner nochmals eingehend zu befragen und schlage vor, dass dies Kommissarin Bernd übernimmt. Ich habe Gisela bereits gebeten, sich über Frau Wegner kundig zu machen.

Eine weitere Person, die wir möglichst umgehend befragen müssen, ist der geschiedene Ehemann von Ilse Schmidt, ein gewisser Olaf Bauer, gegen den ein Gerichtsbeschluss wegen Stalkings vorliegen soll. Ich habe Kommissar Kleinert schon einmal gebeten, sich um diese Sache zu kümmern. Ralf sollte also Herrn Bauer befragen, nicht nur zu seinem gestrigen Aufenthalt, sondern generell zu seinem jetzigen und früheren Verhältnis zu Ilse Schmidt. Das dürfte ein wichtiger Mosaikstein werden zu dem Bild, was wir uns von ihr machen müssen. Die Befragung von Olaf Bauer könnte sich verzögern, weil er als Fernfahrer von *Hessen-Trans* vielleicht unterwegs ist.

In dieser Firma, bei der Ilse Schmidt eine leitende Position innehatte, müssen wir uns natürlich auch gründlich umhören und dabei auch mit Birgit Gruber sprechen, einer weiteren Freundin der Toten, die gestern mit in der Sauna war.

Ich habe die Absicht, wenn wir hier fertig sind, zu *Hessen-Trans* zu fahren. Die Geschäftsleitung wurde bereits informiert, dass Ilse Schmidt tot ist, natürlich ohne dass Einzelheiten mitgeteilt wurden. Mit dem Geschäftsführer, Michael Grosser habe ich gesprochen. Er und seine Sekretärin, Frau Oswald sowie Frau Gruber werden auf einen Besuch von uns warten.

Zu diesem Besuch möchte ich gern einige Mitarbeiter mitnehmen, die sich gründlich dort umsehen und mit möglichst vielen Leuten sprechen sollten. Ich würde auch gern Polizeimeisteranwärterin Fendt von Dieburg einbeziehen. Sie war gestern Abend dabei und will zur Kripo. Vielleicht können Sie", und dabei sah er den Kriminalrat an, „diesbezüglich einmal mit den Dieburger Kollegen reden."

Lutz Waski erklärte dann weiter, dass es seiner Meinung nach notwendig ist, für die Vervollständigung des Bildes von Ilse Schmidt ihre Wohnung gründlich zu untersuchen. Wir haben zwar gestern noch einen kurzen Blick hineingeworfen, aber HK Goebel sollte ein Team der *Spusi* dorthin schicken.

Mit den Worten: „Wenden wir uns der Frage nach dem **Wie** zu", setzte Lutz Waski seine Rede fort. „Ich denke, dass die Tötung von Ilse Schmidt im Zusammenhang mit dem *Sauna-Ritual* steht. Der Täter bzw. die Täterin muss genaue Kenntnis über den Ablauf dieses Events haben. Wir müssen also alle Personen unter die Lupe nehmen, die bei der Vorbereitung und Durchführung des *Rituals* mitgewirkt haben. Dabei ist aber zu berücksichtigen, dass das Detailwissen des Täters, der Täterin, auch von früheren gleichartigen Zeremonien stammen kann – das *Ritual* findet gewöhnlich an jedem Donnerstag statt.

Da die Ermordung von Ilse Schmidt in engem Zusammenhang mit dem *Sauna-Ritual* steht, müssen alle Personen unter die Lupe genommen werden, die sich gestern – ich sage einmal ab 16:00 Uhr bis zum Ausbruch des Feuers – im Bereich der *Feuersauna* aufgehalten haben oder mit den Getränkevorbereitungen befasst waren.

Ich schlage vor, dass sich Kollegin Forstmann zunächst um die unmittelbar am *Sauna-Ritual* Beteiligten kümmert. Außer der Toten sind dies Marion Weber, Birgit Gruber, meine Frau und ihrer Freundin Heidrun Schledt sowie die drei Männer und der Saunameister. Da von allen Saunagästen die Personaldaten erfasst wurden, dürften auch die drei Männer leicht zu finden sein.

Alle Befragungen sind darauf auszurichten, dass wir ein minutiöses Bild vom Ablauf dieses *Ritual*s gewinnen.

Außerdem muss das Personal der *Sauna-Oase* befragt werden, besonders alle diejenigen, die mit der Getränkebereitstellung fürs *Ritual* befasst waren. Wir müssen herausfinden, wie die Flaschen mit dem Brandbeschleuniger dazu kamen. Die Sauna hat zwar heute geschlossen, aber die Mitarbeiter dürften problemlos zu erreichen sein.

Schließlich gilt es, alle Saunagäste zu befragen nach Beobachtungen im Bereich der *Feuersauna*. Auch hier würde ich eine Beschränkung auf den oben genannten Zeitraum für sinnvoll halten.

Gut wäre es, wenn wir eine Übersicht erstellen könnten, **wer** sich zu dieser Zeit **wo** aufgehalten hat.

Mir ist klar, dass das Ganze ziemlich aufwändig wird und den Einsatz einiger Kollegen erfordert, Trotzdem halte ich diese Vorgehensweise für absolut notwendig und hoffe, dass der Kriminalrat zustimmt.

Dieser ergriff das Wort: „Lutz, ich bin sehr einverstanden mit Ihrem Herangehen an den Fall und billige ausdrücklich Ihre Vorschläge zum weiteren Vorgehen. Über die personelle Besetzung der *Soko Sauna* habe ich mir schon während ihrer Rede Gedanken gemacht. Der *Soko* werden vorerst neben den Mitarbeitern ihrer Abteilung noch sieben Kolleginnen und Kollegen aus dem K10 angehören." Er nannte die Namen und setzte dann fort: „Ich denke, der Gruppe *Befragungen in der Sauna-Oase* sollten wir unter Leitung von HK Forstmann fünf von ihnen zuordnen und die beiden andern fahren mit ihnen zu *Hessen-Trans*.

Was Frau Fendt betrifft, werde ich mit den Dieburger Kollege reden.

Die Soko trifft sich dann morgen um 8:00 Uhr hier, vorausgesetzt es gibt nichts, was schnelleres Handeln erfordert."

Damit war die Beratung beendet.

9.

Freitag, 10. März, 16:30 Uhr

Am Firmensitz der Spedition *Hessen-Trans GmbH* im Eppertshausener Gewerbegebiet *Park 45* stiegen Kommissar Wasski und seine drei Mitstreiter aus dem Auto. Vom K10 waren dies Kerstin Demel, eine 48-jährige Hauptkommissarin der Abteilung Raubstraftaten und Ali Durmaz, Oberkommissar bei der Vermisstenstelle. Dabei war noch Miriam Fendt, die sie von ihrer Dienststelle in Dieburg abgeholt hatten. Während der Fahrt hatte Lutz Waski die anderen über den Stand der Dinge informiert und dann gesagt: „Unser Ziel ist es, ein möglichst umfassendes Bild von der getöteten Ilse Schmidt zu bekommen. Dazu bitte ich Hauptkommissarin Demel, sich ausführlich mit Frau Oswald, der langjährigen Chefsekretärin der Firma, zu unterhalten. Sie Miriam", wandte er sich an die junge Polizeimeisteranwärterin, „haben den Auftrag, Birgit Gruber zu befragen. Sie soll Ihnen alles sagen, was sie über Ilse Schmidt weiß, auch Nebensächlichkeiten können wichtig werden. Vor allem aber lassen Sie sich genauestens schildern, wie Frau Gruber das *Sauna-Ritual* mit allem Drum und Dran erlebt hat. Denken Sie auch daran, dass wir die Fingerabdrücke von Birgit Gruber brauchen.

Ich selbst werde mit dem Firmenchef, Herrn Michael Grosser, sprechen".

Waski wandte sich dann an Oberkommissar Durmaz, einem 34-jährigen, durchtrainierten, südländisch aussehenden Mann: „Ali, Sie bitte ich, sich in der Firma umzuhören. Stellen Sie fest, welche Mitarbeiter erreichbar sind, und sammeln so viele Informationen über Ilse Schmidt, wie Sie kriegen können.

Wir sollten die erzielten Ergebnisse zeitnah niederschreiben und die Gespräche auch aufzeichnen, vorausgesetzt, die Befragten sind einverstanden."

So gebrieft schritten die vier Kriminalisten dem Verwaltungsgebäude zu. Sie hatten es noch nicht ganz erreicht, als in der Tür ein mit Anzug und Krawatte gut gekleideter jüngerer Mann erschien und sich als Michael Grosser vorstellte. Er sagte: „Kommissar Waski, wenn ich Ihren Namen am Telefon richtig verstanden habe?" Dieser bestätigte dies und nannte die Namen der anderen Polizisten. Herr Grosser führte seine Gäste in einen Raum, den man seine Funktion als Beratungszimmer deutlich ansah, forderte sie auf, Platz zu nehmen, und fragte, ob Getränke gewünscht würden.

Alle vier verneinten.

Lutz Waski nahm das Wort: „Herr Grosser, wir möchten Ihnen und allen ihren Mitarbeitern unser Beileid aussprechen zum tragischen Tod

von Ilse Schmidt. Wir müssen leider davon ausgehen, dass hierbei Fremdverschulden vorliegt.
Deshalb sind wir hier. Um den Fall aufklären zu
können, brauchen wir ein möglichst umfassendes Bild von der Getöteten. Wie hat sie gelebt,
gearbeitet, gefeiert, geliebt? Was waren ihre
Aufgaben hier in der Firma, wie hat sie ihre
Freizeit gestaltet. Mit welchen Menschen hatte
sie Kontakt, hatte sie Feinde?"
Der Kommissar erklärte dann, welche Gespräche man führen wolle.
„Gut," sagte Geschäftsführer Grosser: „Ich
schlage Folgendes vor: „Kommissar Waski und
ich gehen in mein Büro, meine Sekretärin hat
das ihrige unmittelbar daneben. Hier kann Ihre
Kollegin mit Frau Oswald sprechen. Das
Gespräch mit Frau Gruber kann hier in diesem
Raum stattfinden. Sie Herr" – jetzt sah er den
vierten Kriminalisten hilflos an – „ich bitte um
Entschuldigung, konnte mir aber Ihren Namen
leider nicht merken, ..."Ali Durmaz unterbrach
lächelnd und sagte: „Das geht mir öfter so."
Dann nannte er seinen Namen und Herr Grosser
redete weiter. „Also, Kommissar Durmaz, Sie
gehen am besten rüber in unsere Lagerhalle.
Dort treffen Sie sicher Herrn Zorn, den Lager-
leiter, und bestimmt auch weitere Mitarbeiter.
Ich rufe ihn gleich noch an."
OK Durmaz bedankte sich und verließ den
Raum.

Kerstin Dehmel, Miriam Fendt, Lutz Waski und Michael Grosser gingen ein paar Schritte zu den Büros.

Michael Grosser öffnete die Tür zu seinem und bat Lutz Waski schon einmal hineinzugehen und am Tisch Platz zu nehmen. Dann ging er mit Kerstin Dehmel und Miriam Fendt ins Büro seiner Sekretärin, wo diese zusammen mit Birgit Gruber schon ungeduldig wartete. Die zwei Frauen saßen bei einer Tasse Kaffee und standen auf, als ihr Chef zusammen mit den beiden Polizistinnen den Raum betrat Er stellte diese vor und sagte dann. „Die Polizei geht davon aus, dass Ilse umgebracht wurde. Deshalb werde ich mich gleich mit Hauptkommissar Waski in meinem Büro unterhalten.

Mit Ihnen, Getrud, will jetzt Frau Dehmel sprechen und Sie, Birgit, gehen bitte mit Frau Fendt in unseren Beratungsraum. Bitte sagen sie ihr alles, was sie wissen, wir wollen doch, dass der Mord an Ilse möglichst rasch aufgeklärt wird.

Wenn die Befragungen beendet sind, treffen wir uns in meinem Büro."

PMA Fendt und Birgit Gruber begaben sich zum Beratungsraum und Michael Grosser ging durch die Verbindungstür in sein eigenes Büro.

10.

Freitag, 10. März, 16:45 Uhr

Michael Grosser betrat sein Büro. Hier hatte sich Lutz Waski inzwischen etwas umgesehen und festgestellt, dass sich der Geschäftsführer ein ganz normales Chefbüro eingerichtet hatte, weder besonders protzig noch extrem spartanisch. Es gab einen massiven Holzschreibtisch und einen dazu passenden Bücherschrank sowie eine Regalwand mit Ordnern. Eine Sesselgruppe war um einen kleinen runden Tisch gruppiert. Auf dem Schreibtisch lag ein Laptop, der zugeklappt war.

Michael Grosser ging zu seinem Schreibtisch, zog eine Schublade auf, nahm eine Akte heraus und setzte sich mit dieser in der Hand zu dem Kommissar.

„Ich habe hier," begann er das Gespräch, „schon einmal die Personalakte von Ilse Schmidt herausgesucht.

Am besten, Sie schauen selbst hinein."

Lutz Waski schlug die Akte auf und sah das Bild einer sehr attraktiven jungen Frau, die lächelnd in die Kamera blickte. Dann las er folgende Fakten:

Ilse Schmidt wurde am 2. 6. 1986 in Dieburg geboren. Sie wohnte mit ihren Eltern und einen zwei Jahre älteren Bruder in Eppertshausen und hat dort die Grundschule und anschließend das

Gymnasium in Münster besucht. 2005 war sie für ein halbes Jahr als Austauschschülerin in den USA. 2006 hat sie nach ihrem Abitur ein freiwilliges soziales Jahr absolviert und war für eine Organisation, die sich um benachteiligte Kinder kümmert, in Kolumbien. Dort, in Bogota, hat sie auch Spanisch gelernt.

2007 hatte sie ein Studium an der Goethe-Universität Frankfurt begonnen in den Fachrichtungen Informatik und BWL und dies 2011 mit dem Bachelor in BWL abgeschlossen.

Ilse Schmidt beherrschte Englisch, Spanisch und Russisch und konnte auch leidlich Französisch. An der Vervollkommnung ihrer Sprachkenntnisse hatte sie während des Studiums stetig gearbeitet.

2011 wurde Ilse Schmidt als Assistentin der Geschäftsführung bei *Hessen-Trans* eingestellt. 2012 hat sie den bei *Hessen-Trans* angestellten Kraftfahrer Olaf Bauer geheiratet. Die Ehe wurde aber bereits zwei Jahre später geschieden und Frau Schmidt hat ihren Mädchennamen wieder angenommen.

2015 sind ihre Eltern und ihr Bruder bei einem Autounfall ums Leben gekommen. Als einziger noch lebender Verwandter ist ein Neffe genannt, dessen Anschrift in Australien befindet sich weiter hinten in der Akte.

2017 erhielt Ilse Schmidt Prokura und wurde im gleichen Jahr Gesellschafter der *Hessens-Trans GmbH*. Sie erwarb 20% der Anteile.

In der Personalakte fanden sich in unregelmäßig zeitlichen Abständen verfasste Beurteilungen. Sie waren ausnahmslos außerordentlich positiv. Zu finden waren auch mehrere Bestätigungen über erfolgreiche Teilnahmen an Weiterbildungsveranstaltungen, vornehmlich solchen im IT-Bereich.

Hauptkommissar Lutz Waski schoss die Akte und wandte sich seinem Gegenüber zu: „Herr Grosser, was ich hier gelesen habe, zeugt ja wahrlich von einer Bilderbuchkarriere. Von Ihnen möchte ich jetzt aber die Ergänzungen hören, die das Bild von Frau Schmidt mit Fleisch und Blut füllen, wenn Sie verstehen, was ich meine.

Wie war sie als Frau, als Kollegin, als Vorgesetzte? Wie war ihr Umgang mit Mitarbeitern und Kunden?"

Michael Grosser antwortete: „Mit ein paar dürren Worten lassen sich ihre Fragen nicht beantworten. Zunächst möchte ich feststellen: Ilse Schmidt war eine äußerst attraktive Frau, die sich ihrer Schönheit durchaus bewusst war und diese entsprechend pflegte. Sie war stets modisch gekleidet, allerdings immer den jeweiligen Umständen entsprechend. Ich denke, sie hätte auch als Mannequin oder Filmschauspielerin eine gute Figur abgegeben Dabei war sie in keiner Weise eingebildet, im Gegenteil, sie hatte eine Art mit den Menschen umzugehen, mit der sie diese sehr für sie einnehmen konnte. Allerdings wusste sie auch, stets eine gewisse Distanz zu wahren. Die Anziehungskraft, die sie auf andere Menschen, besonders Männer, ausübte, war ihr bewusst. Sie hat dies im Umgang mit Kunden und vielleicht auch privat, zu ihrem Vorteil genutzt. Mir ist aber kein Fall bekannt, wo gewisse Grenzen überschritten wurden."

Nach einer kurzen Pause redete der Geschäftsführer weiter: „Einen sehr unschönen Vorgang gab es aber 2017. Dazu muss ich etwas weiter ausholen. Unsere Firma wurde von meinem Opa und seinen Bruder kurz nach dem Ende des zweiten Weltkrieges gegründet und hatte sich zunächst auf Möbeltransporte bzw. Umzüge spezialisiert. Nach dem Tod der beiden Firmengründer übernahmen deren Söhne, also mein Vater Gisbert und sein Cousin Rainer Grosser die Leitung. Jeder erhielt 50% der Geschäftsanteile. Obwohl die Anfangsjahre nicht leicht gewesen waren, gab es kein Fremdkapital in der Firma. Rainer kümmerte sich um die Technik, den Fahrzeugpark usw., während meinem Vater das operative Geschäft oblag. Die Umzugssparte wurde aufgegeben und die Firma wurde umstrukturiert und ausgebaut zu einer internationalen Spedition. Derzeit besitzen wir fünf schwere Sattelschlepper, zwölf LKW, darunter zwei Kühltransporter, und vier Lieferwagen. Das Management musste vergrößert werden. Deshalb wurde Ilse Schmidt eingestellt. Sie übernahm den Ausbau unserer EDV-Technik, die Ausrüstung aller Fahrzeuge mit GPS usw. Ihr oblag auch die Akquirierung neuer Kunden und sie kontrollierte in Abstimmung mit Frau Oswald, unserer langjährigen Chefsekretärin, den gesamten Ablauf. Dabei ist sie darauf gestoßen, dass mein Onkel Rainer zusammen mit dem damaligen Buchhalter Erwin Schnabel krumme Geschäfte in erheblichen Umfang getätigt hatten. Sie waren in Drogentransporte und auch in Menschenhandel verwickelt.

Daraufhin gab es im September 2017 eine interne Beratung der Geschäftsleitung. An dieser haben mein Vater, Renè Zorn, Ilse Schmidt und ich teilgenommen. Mein Onkel Rainer und Herr Schnabel wurden zu den Vorwürfen gehört, konnten aber nichts zu ihrer Entlastung vorbringen. Deshalb wurde den beiden folgendes Ultimatum gestellt: Entweder Rainer scheidet aus der Firma aus und übergibt seine Geschäftsanteile zum Nominalwert und Erwin Schnabel akzeptiert eine sofortige Auflösung des Arbeitsverhältnisses oder die Sache geht an die Polizei.

Beide haben Ilse Schmidt für ihr Desaster verantwortlich gemacht, sie übel beschimpft, vielleicht auch bedroht – so genau weiß ich das nicht mehr – aber schließlich haben sie das Ultimatum angenommen. Etwas anders blieb ihnen wohl auch kaum übrig.

Von Rainers 50% der Geschäftsanteile habe ich 30% und Ilse 20% erworben.

Heute hat Rainer Grosser ein Omnibusunternehmen in Dietzenbach Es gab nach dieser Sache aber bis heute keinerlei Kontakte, weder zu meinem Vater noch zu mir. Erwin Schnabel hat kurz nach seiner Entlassung Selbstmord verübt.

Zwei unserer Fahrer waren ebenfalls in die Sache verwickelt. Sie wurde gehört und haben zugegeben, aus Geldgier gehandelt zu haben.

Beiden wurde fristlos gekündigt. Auch sie haben Ilse Schmidt, die ja die ganzen kriminellen Machenschaften aufgedeckt hatte, bedroht. Einer sagte wohl: *Die Männer, die uns bezahlt haben, werden sicher nicht untätig zusehen.*

Das Ganze liegt aber nun über fünf Jahre zurück und ich kann mir nicht vorstellen, dass Ilse deswegen umgebracht wurde.

Erwähnen muss ich noch, dass mein Vater, der damals schon seit sechs Jahren Witwer war, vor zwei Jahren plötzlich verstorben ist. Er war auf einer Geschäftsreise in Berlin. Wie so oft hat ihn Ilse Schmidt begleitet und er ist in ihren

Armen gestorben. Die Todesursache war eindeutig ein Herzinfarkt."

Nach dieser langen Rede schenkte sich Herr Grosser ein Glas Wasser ein und trank es aus.

Lutz Waski, der aufmerksam zugehört hatte, sagte: „Herr Grosser, ich bedanke mich sehr für diese Informationen. Damit wird das Bild von Ilse Schmidt deutlicher. Ich habe aber keinen Hinweis auf ein Motiv für ihre Ermordung erkennen können, wenn man von der alten Sache aus dem Jahre 2017, der wir natürlich nachgehen werden, einmal absieht. Könnte es sein, dass sich solche Vorgänge, ich meine, Schmuggel von Drogen oder Ähnliches, wiederholt haben und Frau Schmidt auf einer entsprechenden Spur war?"

Michael Grosser antwortete: „Das halte ich für sehr unwahrscheinlich. Wir achten ganz genau darauf, dass bei uns, die wir ja sehr viel mit grenzüberschreitendem Verkehr zu tun haben, alles ganz korrekt zugeht. Ilse Schmidt hatte da ein sehr wirksames Kontrollsystem aufgebaut. Aber ausschließen, dass einer der Fahrer auf eigene Rechnung gehandelt hat, kann ich nicht. Wenn wir so etwas festgestellt hätten, wäre fristlose Kündigung und Anzeige bei der Polizei die Folge gewesen.

Aber wenn Ilse irgendeinen Verdacht gehabt hätte, wäre ich sofort von ihr informiert worden."

Eine vorerst letzte Frage noch, sagte der Kommissar: Wenn ich sie richtig verstanden habe, hatte ihr Vater ein Verhältnis mit Ilse Schmidt. Wer alles wusste davon?"

Die Antwort lautete: „Als Ilse Schmidt 2011 zu uns kam war meine Mutter bereits vier Jahre tot. Dass die attraktive junge Frau eine große Anziehung auf meinen Vater ausgeübt hat, kann ich voll verstehen. Auch, dass im Laufe der Zeit mehr daraus wurde als ein Verhältnis zwischen Chef und Assistentin, trotz des Altersunterschiedes von 32 Jahren. Die beiden haben ihre Beziehung aber sehr geheim gehalten. Mir war die Sache seit etwa vier Jahren bekannt und ich habe mit meinem Vater auch kurz vor seinem Tod darüber gesprochen. Er trug sich mit dem Gedanken, Ilse zu heiraten. Sonst dürfte in der Firma niemand etwas Konkretes gewusst haben, obwohl sicher so manches gemunkelt wurde. Fragen Sie doch auch Frau Oswald, die ja ein sehr vertrautes Verhältnis zu meinem Vater hatte."

„Danke", sagte Lutz Waski. „Jetzt habe ich noch eine Bitte. Jetzt möchte ich gern noch einen Blick in das Arbeitszimmer von Ilse Schmidt werfen."

„Das ist kein Problem", lautete die Antwort und die beiden gingen in den auf der anderen Seite des Sekretariats liegenden Raum.

Hier sah sich der Kommissar um und fand ein sehr modern eingerichtetes Büro. Der Schreibtisch stand so, dass die daran Sitzende das Fenster im Rücken und die Tür im Blick hatte. An einer Längswand stand eine bequem aussehende Couch, davor ein kleiner Tisch und zwei kleine Sessel. Auffallend waren viele Monitore, die in einem Regal links vom Schreibtisch standen.

Michael Grosser bemerkte den fragenden Blick des Kommissars und erklärte: „Ilse hatte ein System aufgebaut, mit dem wir unsere Fahrzeuge und deren Fahrer stets orten konnten. Dass die Autos alle mit GPS ausgerüstet sind, hatte ich wohl schon erwähnt. Die Fahrer hatten jeder ein Firmenhandy, auf denen eine APP installiert war, mit deren Hilfe sie leicht zu orten waren. Die Fahrer waren laut Arbeitsvertrag verpflichtet, diese Handys während ihrer Dienstzeit stets eingeschaltet zu lassen. Unterstützt wurde Ilse von Frau Gruber, die im nächsten Raum ihren Arbeitsplatz hat.“

HK Waski war beeindruckt und stellte fest: „Herr Grosser, hier müssen sich unsere Spezialisten umsehen und suchen, ob sich Hinweise auf ein Motiv für den Mord an ihrer Mitarbeiterin finden lassen. Ich muss daher bitten, dass dieses Büro verschlossen bleibt und werde es versiegeln.“

Der Geschäftsführer machte geltend, dass für den laufenden Betrieb der Zugang zu dem Ortungssystem nötig sei. Waski erwiderte, er wolle dafür sorgen, dass die Untersuchung umgehend beginnt und vielleicht bis morgen früh abgeschlossen sein könnte.

Michael Grosser meinte: „Da heute am Freitag unsere Fahrzeuge fast alle stehen, können wir damit leben,"

Der Kommissar ergriff sein Handy, rief Kriminalrat Haase an und schilderte die Situation. Dieser versprach, die notwendigen Schritte sofort zu veranlassen.

HK Waski fragte dann nach der wirtschaftlichen Lage der Firma und wie man ohne Frau Schmidt zurechtkommen würde.

Er erhielt folgende Antwort: „Im Speditionsgewerbe herrschte schon immer ein scharfer Wettbewerb. Schon seit längerem machen uns die ständig steigenden Kraftstoffpreise und die Konkurrenz aus anderen EU-Ländern, vor allem aus Holland, sehr zu schaffen. Durch die Corona-Krise und jetzt durch den Krieg in der Ukraine gab es aber einen totalen Einbruch. Wir mussten fast die Hälfte unserer Fahrzeuge stilllegen. Um keine Leute entlassen zu müssen, haben wir Kurzarbeit eingeführt. Zwei Fahrer, die sonst jeder einen LKW fuhren, teilen sich die Arbeit mit einem.

Zu Ihrer Frage nach einem Ersatz für Ilse Schmidt sehen Sie mich im Moment völlig ratlos. Wir hatten heute Vormittag eine Krisensitzung. Einen Teil der Aufgaben kann Frau Gruber übernehmen, das meiste bleibt wohl an mir hängen und sicher kann auch Herr Zorn, das ist der Leiter unseres Lagers und studierter Informatiker, einen Teil der Arbeit übernehmen. Ersatz werden wir aber bei der angespannten Lage auf dem Arbeitsmarkt wohl nicht so schnell finden, so eine Frau wie Ilse sowieso nicht.

Wenn Sie keine weiteren Fragen haben, möchte ich jetzt gern an meine Arbeit gehen."

Kommissar Waski hatte aber noch eine Frage:

„Sie haben erwähnt, dass der Buchhalter 2017 entlassen wurde. Hat Ilse dessen Arbeit auch übernommen?"

Michael Grosser antwortete: „Nein, das wäre nicht zu schaffen gewesen. Wir haben eine externe Lösung gefunden und die Wirtschafts- und Steuerberatungsgesellschaft *Carolus* in Frankfurt beauftragt. Mit dieser, insbesondere mit dem Chef Karl Schwarz, hatte Ilse natürlich viel zu tun. Sie war aber stets zufrieden mit der Arbeit dieser Kanzlei, von irgendwelchen Unstimmigkeiten ist mir jedenfalls nichts bekannt. Glauben Sie, dass da jemand etwas mit Ilses Tod zu tun haben könnte?"

„Glauben ist eine Sache für die Kirche", antwortete Waski „wir müssen Wissen und vielleicht erfahren wir von dort einiges mehr über Ilse. Aber Sie haben natürlich recht, ein Zusammenhang mit ihrem Tod wäre schon sehr seltsam."

Der Kommissar bedankte sich nochmals und ging in den Beratungsraum, wo seine Kollegen schon auf ihn warteten.

11.

Freitag, 10. März, ebenfalls 16:45 Uhr

Michael Grosser hatte das Büro seiner Sekretärin verlassen und Hauptkommissarin Kerstin Dehmel hatte sich unterdessen in diesem zweckmäßig eingerichteten Raum, umgesehen. Direkt am Fenster, vor dem drei wunderschöne Orchideen zu bewundern waren, stand ein Schreibtisch. Auf diesem lag ein zugeklapptes Notebook. An der Seite auf einem kleinen Tischchen befand sich ein ziemlich großer Drucker, ein Kopiergerät und darunter ein Aktenvernichter.

Die linke Längswand des Raumes wurde fast vollständig von einer Schrankwand eingenommen, deren obere Hälfte aus Regalen bestand, die mit zahlreichen Ordnern gut gefüllt waren.

Gegenüber war die Tür zum Chefbüro, rechts davon befanden sich eine kleine Sitzecke, ein länglicher Tisch und drei Stühle.

Kerstin Dehmel hatte dort Platz genommen und die Chefsekretärin unauffällig gemustert. Sie sah eine schlanke, etwa 1,65 m große, mit einem grauen Kostüm und fliederfarbenem Pulli adrett gekleidete Frau, die sie, auch wegen ihrer grauen Haare, auf Ende fünfzig schätzte.

Gertrud Oswald setzte sich wieder auf ihren Platz und fragte die Polizistin, ob sie auch einen Kaffee möchte. Die Frage wurde bejaht, worauf

Frau Oswald in die Kaffeeküche ging und mit einem Kännchen Kaffee sowie einen Teller mit Keksen und einem Set mit Zucker und Milch zurückkam. Sie stellte alles auf den Tisch, goss Kaffee ein und setzte sich zur Kommissarin.

Diese begann, „Frau Oswald, wir wissen bis jetzt, dass beim Tod von Ilse Schmidt Fremdverschulden vorliegt, ob es allerdings Mord war, also eine Absicht zugrunde lag, ist noch unklar. Wir wissen auch nichts über mögliche Motive. Deshalb bitte ich Sie um umfassende und detaillierte Auskünfte zur Person der Toten, am besten ganz von vorn."

„Ja", begann Frau Oswald: „Ich bin wohl von allen Angestellten am längsten in der Firma. Am 1. September dieses Jahres werden es vierzig Jahre sein. Nach meinem Abitur habe ich hier eine Lehre als Industriekauffrau begonnen, ich war gerade Zwanzig geworden. Den Lehrvertrag hat noch der Opa vom jetzigen Chef unterschrieben, Dieser hat allerdings kurz danach die Geschäfte an seinen Sohn Gisbert übergeben, der die Firma dann zusammen mit seinem Cousin geführt hat.
Für Gisbert, der sechs Jahre älter als ich war, habe ich geschwärmt, aber der war ja glücklich verheiratet. Trotzdem hat sich zwischen uns im Laufe der Jahre ein sehr enges Vertrauensverhältnis aufgebaut – verstehen Sie das bitte nicht

falsch, es gab niemals irgendeine Art von sexuellem Kontakt – und ich wurde ziemlich rasch die Sekretärin von Gisbert und quasi seine rechte Hand. Dann starb 2007 seine Frau und im Stillen machte ich mir Hoffnung.

Mit Männern hatte ich in meinem Leben kein Glück, es gab nur einige kurzzeitige Episoden.

Dann kam 2011 Ilse Schmidt zu uns, eine äußerst attraktive und sehr kluge Frau, die mit ihrer Art, ihrem bescheidenen aber zugleich selbstbewussten Auftreten, die Menschen für sich einnahm. Sie wusste genau, was sie wollte. Ich habe sie anfangs für eine falsche Schlange gehalten, die mir als Assistentin der Geschäftsleitung vor die Nase gesetzt wurde.

Da habe ich ihr aber Unrecht getan. Sie war mir gegenüber absolut loyal und wusste meine Arbeit zu schätzen. Ihre fachliche Kompetenz war ausgezeichnet und nach kurzer Einarbeitungszeit hat sie ihre im Studium erworbenen Kenntnisse erfolgreich angewandt.

Dass sie ihre natürliche Schönheit zur Geltung zu bringen wusste, ohne überheblich zu wirken, und ihre Anziehungskraft auf Männer genutzt hat, um auch beruflich etwas zu erreichen, kann ich ihr nicht übelnehmen.

Pech hatte Ilse allerdings mit ihrer Beziehung zu Olaf Bauer. Die beiden haben 2012 – in meinen Augen überstürzt – geheiratet. Ich kannte Olaf Bauer, der auch heute noch bei uns als

Fahrer tätig ist, schon länger, und ahnte, dass die Ehe nicht gut gehen konnte. So war es auch, Ilse hat sich nach zwei Jahren scheiden lassen, aber Olaf hängt wohl immer noch an ihr.

2015 sind dann die Eltern von Ilse und ihr Bruder ums Leben gekommen. Inzwischen hatte sich unser Verhältnis entscheidend verbessert und sie hat sich bei mir ihren Kummer von der Seele geredet. Man konnte dieser Frau nicht böse sein, auch wenn sie manchmal knallhart aufgetreten ist. So zum Beispiel, als wir unsere Fahrer mit firmeneigenen Handys ausgerüstet und vertraglich verlangt haben, dass diese während der Arbeitszeit stets eingeschaltet sein müssen. Da die Arbeitszeit im Allgemeinen von der Abfahrt bis zur Rückkehr aufs Firmengelände reicht, war damit eine vollständige Kontrolle möglich. Als einige der Fahrer aufbegehren wollten, hat Ilse auf die gute, übertarifliche Entlohnung hingewiesen und ihnen freigestellt, zu kündigen. Es sind aber alle geblieben.

Das von Ilse aufgebaute Kontrollsystem hatte auch dazu geführt, dass sie 2017 eine größere kriminelle Machenschaft aufdecken konnte. Der zweite Geschäftsführer, Rainer Grosser, war zusammen mit unserem langjährigen Buchhalter Erwin Schnabel, dem ich so etwas nie und nimmer zugetraut hätte, Verbindungen mit Leuten eingegangen, die für sehr gutes Geld unsere Fahrzeuge für den Transport von Drogen und wohl auch Menschen missbraucht haben. Zwei Fahrer waren auch darin verwickelt.

Im September 2017 gab es dann eine entscheidende Sitzung der Geschäftsleitung. Als Folge ist sein Cousin aus der Firma ausgeschieden, Herr Schnabel hat einen Aufhebungsvertrag unterschrieben und die beiden Fahrer wurden fristlos entlassen.

Ich war bei der Sitzung nicht dabei, aber Ilse hat mir nachher erzählt, dass sie von Rainer und wohl auch von Erwin Schnabel übel beschimpft worden sei und einer der Fahrer, oder auch beide, hätten ihr gedroht. Die Sache würde für sie ein Nachspiel haben.

Erwin Schnabel hat das Ganze wohl nicht verwunden und ist einen Monat später freiwillig aus dem Leben geschieden. Er hinterließ seine Frau und einen erwachsenen Sohn. Die beiden haben Ilse verantwortlich gemacht, weil sie meinten, es hätte auch eine andere Lösung gegeben. Dabei konnte Erwin doch froh sein, dass auch er nicht fristlos entlassen wurde, was rechtlich sicher möglich gewesen wäre. Auch war sein Zeugnis – ich habe es selbst getippt – durchaus wohlwollend.

Dass Ilses Tod aber jetzt, nach über fünf Jahren, mit dieser Sache zusammenhängt, kann ich mir ehrlich gesagt nicht vorstellen.

Obwohl – Frau Schnabel wurde nach dem Freitod ihres Mannes zunehmend dement und landete zum Schluss in einem Heim. Vor vier Wochen ist sie gestorben. Nach der Trauerfeier habe ich kurz mit dem Sohn gesprochen. Er war inzwischen geschieden und hat für das ganze Unglück der Familie wieder Ilse Schmidt verantwortlich gemacht. Es ist leicht, die Schuld immer bei anderen zu suchen."

Nach dieser langen Rede legte Gertrud Oswald eine Pause, ein trank von ihrem inzwischen nur noch lauwarmen Kaffee und nahm einen Keks.

Kerstin Dehmel bedankte sich und sagte: „Frau Oswald, ich denke Sie haben uns sehr geholfen. Der Sache von 2017 werden wir natürlich nachgehen, aber hätte ich gern noch gewusst, wie Sie das Verhältnis von Ilse Schmidt zu Gisbert Grosser einschätzen."

Ohne langes Zögern kam die Antwort: „Dass ich mir nach dem Tod von Gisberts Frau Hoffnungen gemacht hatte, habe ich wohl schon erwähnt. Aber da war die junge, schöne und gescheite Assistentin, gegen deren Anziehungskraft hatte ich keine Chance – Gisbert wohl auch nicht. Im Betrieb, auch mir gegenüber, hielten die beiden strikt auf Distanz und haben sich immer mit *Sie* angeredet. Aber als Frau merkt man schon, dass die beiden etwas miteinander hatten. Ilse hat den Chef auch meistens auf seinen Dienstreisen begleitet, wobei stets zwei Einzelzimmer abgerechnet wurden – aber was besagt das schon?

Natürlich war ich traurig, dass meine geheimen Träume zerplatzt waren. Andererseits war ich auch nüchtern genug, um einzusehen, dass eine junge Geliebte einer alten Schachtel wie mir vorgezogen wurde. Dass Ilse sich die Chance, sich den Chef zu angeln, nicht entgehen ließ schien mir auch normal. Ich konnte jedenfalls keinem von beiden böse sein.

Gewissheit, dass die beiden mehr verbunden hatte als nur das Arbeitsverhältnis, erhielt ich unmittelbar nach dem Tod von Michael.

Er verstarb vor zwei Jahren während einer Dienstreise nach Berlin an einem Herzinfarkt. Ilse hat mir danach erzählt, dass er praktisch in ihren Armen gestorben sei. Sie waren gerade voll beim Liebesspiel, als er plötzlich keine Lebenszeichen mehr von sich gab. Ilse hat sofort den Notarzt gerufen, der kam auch ziemlich schnell, konnte aber nur noch den Tod von Gisbert feststellen. Dass Ilse das Ganze sehr mitgenommen hat, dürfte klar sein. Sie war froh, in mir eine Vertraute zu haben, mit der sie darüber reden konnte. Wie ich mich dabei gefühlt habe, ist ihr wohl nicht bewusst geworden, zumal sie ja auch keine Ahnung von meinen Gefühlen für Michael hatte."

Hauptkommissarin Dehmel bedankte sich nochmals für die ausführlichen und offenen Aussagen, verabschiedete sich und ging zum Beratungszimmer.

12

Freitag, 10. März, ebenfalls 16:45 Uhr

Polizeimeisteranwärterin (PMA) Miriam Fendt und Birgit Gruber waren zusammen ins Beratungszimmer gegangen und hatten sich auf dem Weg dorthin schon einmal gegenseitig beschnuppert.

Miriam Fendt schätzte Birgit Gruber, die deutlich älter als sie selbst war, auf Ende Dreißig und sah eine kleine, schlicht gekleidete Person, die sich nicht zurecht gemacht hatte, und alles in allem ziemlich unscheinbar wirkte.

Birgit Gruber hatte ihre Begleiterin heimlich gemustert und sah eine junge etwa 1,70 m große Frau, die in ihrer Uniform sportlich und trotzdem auch sehr fraulich aussah.

Im Beratungsraum angekommen, eröffnete PMA Fendt das Gespräch: „Frau Gruber, Sie waren ja gestern in der *Sauna-Oase* dabei und wissen, weshalb wir hier sind. Ich bitte Sie, mir den Verlauf des gestrigen Saunabesuches möglichst detailliert zu schildern und werde – wenn Sie nichts dagegen haben – unser Gespräch auch aufzeichnen. Zuvor erzählen Sie doch aber bitte, in welchem Verhältnis Sie zu Ilse Schmidt gestanden haben. Wann haben Sie diese kennengelernt, was können Sie mir über Ilse erzählen. Hatte diese Freunde, gab es Feinde, wie hat Ilse gelebt?"

Birgit Gruber dachte einen Moment nach und begann dann: „Ilse und ich kennen uns schon seit der Grundschule. Wir waren dann auch in einer Klasse im Gymnasium, da gehörte auch Marion Wegner dazu. Wir drei waren unzertrennlich, wobei Ilse immer im Mittelpunkt stand. Sie war schön, klug und wurde von vielen Jungs angehimmelt. Ich stand in dieser Beziehung immer etwas hintendran. Aber Ilse ist niemals überheblich aufgetreten und hat mich immer voll respektiert und mir oft geholfen. Ohne ihre Hilfe hätte ich wahrscheinlich das Abi in Mathe nicht geschafft. Nach dem Abitur haben sich unsere Wege getrennt. Ilse und Marion begannen ein Studium in Frankfurt und ich wollte eine kaufmännische Lehre beginnen. Meine Mutter hat aber verlangt, dass ich auch studieren soll. Sie war Grundschullehrerin, mein Vater hatte sie schon vor meiner Geburt verlassen, und ich war ihr Ein und Alles. Wir hatten ein sehr enges Verhältnis, aber manchmal hat sie mich mit ihrer Liebe nahezu erdrückt, wenn Sie verstehen, was ich meine. Sie hat mein Leben eigentlich immer recht genau bestimmt.

Ich begann also 2007 – ein Jahr bin ich nach dem Abi zuhause geblieben – an der Fachhochschule in Dieburg, weiter weg von zu Hause wollte mich meine Mutter nicht lassen. Sie hatte mir die Fachrichtung *Soziale Arbeit PLUS Migration und Globalisierung* herausgesucht.

2010 musste ich dann das Studium abbrechen. Ich war im fünften Semester, hätte aber den Bachelor im nächsten Jahr sowieso nicht geschafft. Meine Mutter hatte einen schweren Schlaganfall und wurde zum absoluten Pflegefall. Da sie nicht in ein Heim wollte, habe ich sie bis zu ihrem Tod vor vier Jahren zuhause gepflegt, natürlich kam auch regelmäßig der Pflegedienst.

Dann hat mich Ilse, sie war inzwischen Prokuristin, hier als ihre Sekretärin eingestellt. Ich hatte schon vorher von zuhause aus für sie gearbeitet. Die Arbeit hier hat mir gefallen, mit Frau Oswald verstehe ich mich sehr gut und Ilse hat nie die Chefin raushängen lassen. Im Gegenteil, die alte Mädchenfreundschaft von Marion, Ilse und mir ist wieder aufgelebt und wir drei haben manches zusammen unternommen. In die Sauna sind wir regelmäßig gegangen. Bei unserer Dreierbeziehung stand ich aber meist ein bisschen am Rand. Ilse und Marion standen sich näher. Obwohl – in der letzten Zeit gab es Spannungen zwischen beiden. Das hängt vielleicht damit zusammen, dass sich Marion von ihrem Freund Heiko getrennt hat. Der musste plötzlich bei Marion ausziehen, nachdem die beiden schon ein paar Jahre zusammengewohnt hatten. Vielleicht hatte Heiko etwas mit Ilse angefangen.

Weitere Freunde von ihr kenne ich nicht. Feinde hingegen mag es einige gegeben haben. Ihr Ex, von dem sie 2014 geschieden wurde, hat ihr wohl danach noch übel nachgestellt.

2017 war sie daran beteiligt, dass der Cousin vom Chef aus der Firma ausgeschieden ist, der langjährige Buchhalter, Her Schnabel, aufhören musste und zwei Fahrer fristlos entlassen wurden. Da gab es wohl Beschimpfungen und Drohungen.

Vor zwei Jahren ist unser Senior-Chef verstorben, dabei kam heraus, dass er schon länger mit Ilse liiert war, was ich natürlich wusste. Aber dies dürfte auch nicht Jedem gefallen haben. Ich weiß allerdings nicht, ob Ilse im Testament bedacht worden war, darüber haben wir nicht gesprochen. Ich glaube aber nicht, dass jemand Ilse so sehr gehasst hat, dass er einen Mord auf sich genommen hätte."

Birgit Gruber machte eine Pause und sah Miriam Fendt fragend an.

„Das war alles sehr interessant", entgegnete diese. „Bitte schildern Sie aber jetzt noch den Verlauf des gestrigen Saunabesuches."

Frau Gruber holte tief Luft und begann: „Wir, Ilse und ich, sind kurz vor vier gemeinsam zur *Sauna-Oase* gefahren und haben uns dort – wie fast an jedem Donnerstag – mit Marion, Steffi und Heidrun getroffen. Nach dem Umziehen wurden die Liegen belegt und nach einigen Saunagängen, die wir nicht immer alle in der gleichen Sauna absolvierten, haben wir uns im Gastraum zum Kaffee getroffen.

18:00 Uhr begann das *Finnische-Sauna-Ritual*, für das wir uns alle fünf am Buffet der Gaststätte angemeldet hatten. Dort haben wir die Gebühr von sieben Euro von unserem Chip abbuchen lassen und die Getränke für die Pause geordert. Vier von uns wollten Bier, nur Ilse bestellte eine Cola.

Das Ritual begann pünktlich. Außer uns fünf Frauen waren noch drei Männer zugegen. Zwei, offensichtlich ein Paar, waren schon früher manchmal dabei. Den dritten Mann kannte keine von uns.

Mirko begann mit dem Aufgießen und das Ganze lief ab wie immer – völlig normal. Ich denke, Steffi wird das sicher ihrem Mann genau erzählt haben. In der Pause ist mir auch nichts Außergewöhnliches aufgefallen. Wir haben getrunken, geschwätzt und gelacht. Dann ging es zum nächsten Durchgang, unsere Getränke hatten wir mitgenommen. Nach etwa einer Stunde war alles vorbei. Ich bin unter die kalte Dusche gleich vor der *Feuersauna* und dann zur Liege. Die anderen haben wohl noch vor dem Kaltwasserbecken geduscht und sind hinein. Jedenfalls kam nach kurzer Zeit Marion zu ihrer

Liege neben mir und meinte, Ilse sei noch im Warmen geblieben. Steffi und Heidrun hatten ihre Liegen auf der anderen Seite des Raumes.

Marion wurde dann aber unruhig und sagte, sie müsse einmal nach Ilse sehen. Sie war kaum weg, als der Feueralarm los ging. Ich rannte, wie alle anderen auch, natürlich zur *Feuersauna* und habe das ganze Unglück mit ansehen müssen. Gefühlt hat es eine Ewigkeit gedauert, bis endlich die Feuerwehr kam.

Das Bild, wie ein Feuerwehrmann zusammen mit einem Kameraden Ilse aus dem brennenden Gebäude gezogen und auf der Wiese abgelegt hat, werde ich wohl nie wieder aus meinem Kopf bekommen. Ich stand regelrecht unter Schock und habe nur dunkel mitbekommen, dass Ilse tot ist. Ich kann es immer noch nicht glauben und war heute zu Nichts zu gebrauchen. Wer macht bloß so etwas?"

Unter Tränen beendete Birgit Gruber ihre Rede.

PMA Fendt nahm sie in den Arm und sagte: „Birgit, das Ganze muss schrecklich für Sie sein, besonders auch, dies alles nochmals erzählen zu müssen. Ihre Schilderung ist aber wichtig für uns. Ich denke, wir werden auch eine psychologische Betreuung für Sie organisieren können."

Damit trennten sich die beiden Frauen, Birgit ging in Richtung ihres Büros und Miriam wartete auf die Kollegen.

13

Freitag, 10. März, ebenfalls 16:45 Uhr

Oberkommissar Ali Durmaz ging über den Hof zu einer Halle, die ein großes Hochregallager beherbergte. Das breite Tor war geschlossen, aber in der normalen Tür daneben stand ein etwa vierzigjähriger Mann, der den Ankommenden schon erwartungsvoll entgegensah.

„Ich bin Steffen Zorn und leite hier das Ganze", sagte dieser, „der Chef hat Sie schon angekündigt. Kommen Sie bitte mit in mein Büro."

Der Kommissar folgte dieser Aufforderung und ging mit in die riesige Halle und sah auf den ersten Blick nur endlos viele Hochregale. In einem Zwischengang bewegte sich ein wie von Geisterhand gesteuertes Fahrzeug und lud eine Kiste auf einem freien Platz ab.

Der Lagerleiter bemerkte das Staunen des Polizisten und erklärte: „Wenn Sie sich unter einer Spedition eine Firma vorgestellt haben, die lediglich Waren von A nach B transportiert, befinden Sie sich in grauer Vorzeit. Natürlich tun wir das in der Hauptsache auch heute noch, aber das allein reicht nicht. Wir holen Waren ab und verteilen diese auf verschiedene Empfänger. Da ist eine Zwischenlagerung unvermeidlich. Bei einem Kundenkreis, der sich wie unserer über ganz Europa erstreckt und auch die Abwicklung von Luftfrachten verlangt, ist eine ausgefeilte

Logistik unumgänglich. Das war das Metier von Ilse Schmidt und sie hatte dafür gute Programme entwickelt. Ich kann das beurteilen, weil ich auch vom Fach bin. Mir untersteht hier das ganze Lager. Wir müssen zu jederzeit wissen, welches Frachtstück auf welchem Lagerplatz liegt, wann es dort abgelegt wurde und wann es wieder abgeholt werden muss. Dabei ist das Lager weder nach Arten der Fracht (Gefahrgut einmal ausgenommen) noch nach Absender oder Empfänger sortiert, sondern einzig und allein nach dem Platzbedarf der einzelnen Colli. Diese haben jeder einen speziellen Code, den unsere Geräte lesen können, und der Computer entscheidet dann, wo es gelagert wird. Und er weiß auch, wo sich was befindet.

Da ich Ihren Einwand schon ahne: Unsere Server sind gesichert und es gibt zu jedem Zeitpunkt noch zwei voneinander unabhängige Kopien. Ich habe das Ganze hier installiert und bin ein bisschen stolz darauf.

Mit Ilse habe ich im Prinzip gut zusammengearbeitet, es gab aber auch Meinungsverschiedenheiten und ein gewisses Kompetenzgerangel.

Aber lassen Sie uns doch in mein Büro, dort hinten an der Seite gehen."

Kommissar Durmaz folgte der Aufforderung und die beiden Männer landeten in einem zweckmäßig, mit Stahlmöbeln ausgerüsteten fensterlosen Arbeitsraum, der von mehreren Leuchtstoffröhren an der Decke erhellt wurde. Zwei Schreibtische und viele Regale sowie vier große Monitore nahmen fast den ganzen Raum ein. In einer Ecke war aber noch Platz für einen kleinen Tisch und vier Stühle. Dort wurde Platz genommen.

OK Durmaz begann: „Herr Zorn, ich muss gestehen, in einem solchen Ausmaß hätte ich mir das Speditionsgeschäft nicht vorgestellt. Aber ich muss jetzt mehr über Ilse Schmidt erfahren. Wie schätzen Sie die Frau ein? Hatte sie Feinde? Wie standen Sie zu ihr? Was meinten Sie mit Kompetenzgerangel?"

Steffen Zorn überlegte einen Moment und sagte dann: „Ilse Schmidt kam 2011 als Assistentin der Geschäftsleitung zu uns in die Firma. Ich bin ein paar Jahre älter als sie und war schon ab 2008 hier als Lagerleiter tätig. Beide hatten wir Informatik studiert, sie in Frankfurt, ich in Darmstadt. Ich hatte schon Berufserfahrungen und bereits unser modernes Hochregallager zusammen mit externen Dienstleistern aufgebaut und in Betrieb genommen. Ilse war eine fachlich perfekte und durchsetzungsstarke Persönlichkeit und als Frau sehr attraktiv. Sie hatte sehr schnell unser gesamtes Logistiksystem im Griff und damit begonnen, zusätzlich eine lückenlose Überwachung der Bewegungen unserer Fahrzeuge und der Fahrer zu organisieren.

Hier gab es zwischen uns den ersten Dissens, weil mir diese Überwachung zu weit ging. Die Geschäftsleitung hat das Projekt aber gebilligt. Ich erinnere mich noch an die entscheidende Sitzung im Dezember 2015. An dieser haben die beiden Geschäftsführer, also Gisbert Grosser und sein Cousin Rainer, sowie Michael, der Sohn von Gisbert als Prokurist, Ilse Schmidt und ich teilgenommen. Ilse hat ihr Projekt vorgestellt und alle Bedenken, nicht nur von meiner Seite, wurden von Gisbert abgeschmettert. Von da an wurde mir klar, dass sich zwischen ihm und seiner Assistentin mehr entwickelte als nur ein Arbeitsverhältnis. Gisbert war Wittwer und Ilse eine schöne, gebildete und – jetzt sage ich mal – auch mit allen Wassern gewaschene Frau, die genau wusste, was sie wollte. Ihre kurze Ehe mit einem unserer Fahrer hat sie 2014 beendet.

Wie glashart sie auftreten und dabei auch ihre Interessen verfolgen konnte, habe ich bei einer denkwürdigen Leitungssitzung im September 2017 erlebt.

Ilse Schmidt war durch das von ihr installierte Kontrollsystem darauf gestoßen, dass Rainer Grosser zusammen mit dem damaligen Buchhalter Erwin Schnabel krumme Geschäfte in erheblichem Umfang getätigt hatte. Zwei unserer Fahrer waren auch beteiligt. Dabei ging es um Drogentransporte und vielleicht auch um Menschenhandel.

Gisbert hat damit gedroht, alles der Polizei zu übergeben, aber dann als Ausweg angeboten, dass Rainer aus der Firma ausscheidet und seine Geschäftsanteile zum Nominalwert übergibt und Erwin Schnabel eine sofortige Auflösung des Arbeitsverhältnisses akzeptiert. Den beiden Fahrern wurde fristlos gekündigt.

Ich denke, hinter diesem Vorschlag steckte Ilse. Sie hat jedenfalls sehr von dieser Lösung profitiert, wurde Prokuristin und erhielt 20% der Geschäftsanteile.

Ich ging leer aus, war aber weiterhin Mitglied der Geschäftsleitung und will mich über meine Entlohnung in keiner Weise beschweren.

2021 wurde dann für uns zum Horrorjahr. Die Coronakrise hatte das Geschäft fast zum Erliegen gebracht und dann ist auch Gisbert plötzlich verstorben, man munkelte, in den Armen von Ilse. Die beiden waren auf einer Geschäftsreise in Berlin. Vielleicht war eine so junge Geliebte auf die Dauer doch zu anstrengend für Gisbert.

Michael, der Sohn von Gisbert Grosser, hat dann aber zusammen mit Ilse den Kahn über Wasser halten können. Die beiden haben sich sehr gut – vielleicht sogar zu gut – verstanden, aber was Ilse hier geleistet hat, verdient meinen vollen Respekt."

Steffen Zorn beendete seine Rede, goss sich aus einer Mineralwasserflasche, die zusammen mit zwei Gläsern schon auf dem Tisch gestanden hatte, ein und nahm einen großen Schluck.

Ali Durmaz trank ebenfalls, wollte aber dann noch Näheres über das erwähnte *Kompetenzgerangel* wissen.

„Also," setzte der Lagerleiter seine Rede fort: „Ilse und ich waren beide Mitglieder der Geschäftsleitung. Aber als Assistentin und Geliebte vom Chef hatte sie mehr zu sagen. Ärger hatte ich mit ihr, als sie versuchte, in mein Metier hineinzuregieren. Zum Beispiel wollte sie eine Verknüpfung meines EDV-Systems mit dem ihren, um ein einheitliches firmeninternes Netzwerk zu haben. Das habe ich aus Sicherheitsgründen strikt abgelehnt. Mein Lagerhaltungssystem ist physisch von den anderen Systemen getrennt und arbeitet mit separaten Servern. Es gibt auch keinerlei Internetzugang. Ilse hatte aber – entgegen meinem Rat – ihre Systeme, also das für die Logistik und das für die Überwachung, gekoppelt. Sie meinte, ihre Schutzprogramme würden die Sicherheit garantieren.

Dies scheint aber nicht der Fall zu sein. Einer unserer Fahrer, Juri Kassow, hat mir gestern kurz vor seiner Abfahrt nach Hamburg gesagt, dass er dringend mit Ilse sprechen müsste, er wüsste etwas von einem Hacker-Angriff.

Mir wollte er aber nicht mehr verraten. Er hatte wohl per SMS einen Termin für heute Nachmittag mit ihr verabredet. Daraus wird ja nun nichts. Als Juri heute Mittag zurückkam, hat er erfahren, dass Ilse tot ist und er war sichtlich erschüttert. Er musste aber gleich noch mit einem unserer Mercedes-Sprinter nach Darmstadt und wollte dann mit mir reden.

Er müsste jeden Moment zurückkommen, ich wundere mich schon, wo er so lange bleibt.

Zurück zu dem *Kompetenzgerangel*. Ilse und ich waren für getrennte Bereiche verantwortlich. Sie hat ihren Laden absolut in Ordnung gehalten, das muss ich neidlos zugeben, ich den meinen aber auch. Sie hat dann akzeptiert, dass ich mir bezüglich des Lagers nichts vorschreiben ließ. So sind wir schließlich gut miteinander ausgekommen. Ihr Tod ist ein schwerer Verlust für die Firma. Wir hatten heute früh schon eine Krisensitzung. Sicher werden wir, Michael Grosser, Birgit Gruber und ich alles daransetzen, die entstandene Lücke notdürftig zu schließen, aber das wird nicht einfach. Jetzt ist es gut, dass das Geschäft nur mit halber Kraft läuft."

HK Durmaz bedankte sich und wollte dann noch wissen, wie andere Mitarbeiter zu Ilse Schmidt gestanden hätten.

Die Antwort war etwas überraschend: „Es gab insbesondere unter den Fahrern zwei Gruppen.

Die einen hielten Ilse für eine karrieregeile Emanze, die auch über Leichen geht (ich habe da mal einen der Fahrer zitiert), die anderen haben sie sehr gemocht, teilweise angehimmelt und die Art geschätzt, wie sie von ihr behandelt wurden.

Zu dieser Gruppe gehört Olaf Bauer, ihr Ex-Mann. Er war in Ilse vernarrt und konnte auch nach der Scheidung nicht von ihr lassen. Es gab dann sogar ein gerichtliches Annäherungsverbot. Sicher werden Sie Olaf direkt befragen wollen. Er ist aber erst nächste Woche wieder hier. Im Rahmen unserer Kurzarbeitsreglung ist er in dieser Woche zu Hause."

Mit einem nochmaligen Dankeschön verabschiedete sich Ali Durmaz und begab sich in den Beratungsraum.

14

Hauptkommissar Lutz Waski traf als Letzter im Beratungsraum der Firma *Hessen-Trans* ein. Die anderen drei Kriminalisten waren schon damit beschäftigt, die Ergebnisse ihrer Befragungen niederzuschreiben.

HK Waski sah in die Runde und fragte: „Gibt es aus den von ihnen geführten Gesprächen Hinweise, denen wir mit Dringlichkeit, also sofort, nachgehen müssen?"

Er sah seine Mitstreiter der Reihe nach an, alle verneinten und Lutz Waski fuhr fort: „Bei mir ist es genauso. Ich schlage deshalb vor, dass wir uns jetzt nicht damit aufhalten, die Berichte jedes einzelnen anzuhören. Effizienter dürfte es sein, wenn wir alle diese gründlich lesen und dann das Fazit auf der morgigen Beratung der Soko Sauna, die hiermit für 8:00 Uhr angesetzt wird, ziehen.

Allerdings bitte ich, dass jetzt jeder von ihnen die Punkte nennt, die ihm für das weiteren Vorgehen wichtig erscheinen.

Ich beginne mit den von mir geführten Gespräch mit Michael Grosser. Hier ist die Sache vom September 2017 interessant, wo nach einer internen Beratung erstens Rainer Grosser aus der Firma ausgeschieden ist und er seine Anteile zum Nominalwert zurückgeben musste.

Zweitens ist der langjährige Buchhalter Erwin Schnabel ausgeschieden und drittens wurden zwei Fahrer fristlos entlassen. Um diese vier Personen müssen wir uns kümmern.

Im Zusammenhang mit dieser Geschichte ist Inge Schmidt Gesellschafterin geworden, hat 20% der Anteile erhalten und wurde Prokuristin.

Eine Sache, der wir auch nachgehen müssen: Die gesamte Buchhaltung wurde an ein externes Steuerbüro in Frankfurt übergeben, was naturgemäß eine enge Zusammenarbeit mit Ilse Schmidt erforderte.

Kerstin, was können Sie sagen?" forderte er dann Hauptkommissarin Dehmel auf.

Diese begann: „Das Gespräch mit Frau Oswald war aufschlussreich, besonders hinsichtlich der Charakterisierung von Ilse Schmidt, ich verweise auf meinen Bericht. Die Geschichte vom September 2017 kam natürlich auch zur Sprache. Um Erwin Schnabel brauchen wir uns nicht mehr zu kümmern, er ist einen Monat nach seiner Entlassung freiwillig aus dem Leben geschieden. Sein Sohn hat aber Ilse verantwortlich dafür gemacht, Den müssen wir uns ansehen.

Dann gab es noch die Aussage, dass zwischen Michael Grosser und Ilse Schmidt ein intimes Verhältnis bestanden haben soll. Frau Oswald hatte früher auch ein Auge auf ihren Chef geworfen, dann aber einsehen müssen, dass dieser die Jüngere vorgezogen hat. Sie habe sich damit abgefunden – was ich ihr sogar glaube – und es habe sich ein freundschaftliches Verhältnis zu Ilse Schmidt entwickelt."

HK Waski ergriff nochmals das Wort; „Entschuldigung, das hatte ich vorhin vergessen. Michael Grosser hat direkt von seinem Vater erfahren, dass dieser ein Verhältnis mit Ilse Schmidt hatte und diese vielleicht auch heiraten wollte. Sein Tod liegt nun über zwei Jahre zurück, aber wir sollten uns trotzdem auch um den finanziellen Aspekt dieser Beziehung kümmern, Testament, Konten usw.

Aber jetzt soll Miriam zu Wort kommen. PMA Fendt, was können Sie berichten?"
Die junge Polizeimeisteranwärterin sah in die Runde und begann: „Birgit Gruber war in unserem Gespräch sehr offen und – wie ich einschätzte – auch ehrlich. Die Freundschaft zwischen Ilse Schmidt, Marion Wegner und ihr bestand schon seit der gemeinsamen Schulzeit. Dabei war Birgit in diesem Trio immer die graue Maus. Zum Verlauf des *Finnischen-Sauna-Rituals* gab es keine neuen Erkenntnisse, nur, dass keine der Frauen den dritten Mann kannte. Um den müssen wir uns kümmern. Alles andere steht in meinem Bericht."

HK Waski bedankte sich und wollte gerade OK Durmaz um seine Aussagen bitten, als Michael Grosser und Steffen Zorn ins Zimmer gestürmt kamen.

Michael sprudelte hervor: „Kommissar Waski, Sie müssen uns helfen. Unser Fahrer Juri Kassow war mit einem Mercedes-Sprinter nach Darmstadt unterwegs und ist seit drei Stunden überfällig. Wir können ihn nicht erreichen, sein Diensthandy ist entgegen der Anweisung ausgeschaltet. Wir müssen das Fahrzeug über unser System orten, brauchen dazu aber Zugang zum Büro von Ilse. Das wurde aber von Ihnen verschlossen und versiegelt."

„Kein Problem", versicherte Lutz Waski.

„Frau Fendt wird mit Ihnen gehen, das Siegel lösen und dann, wenn die Ortung erfolgt ist, wieder anbringen."

Die drei Personen verließen den Raum und OK Durmaz begann: „Mein Gespräch mit dem Leiter des Lagers war aufschlussreich. Zwischen ihm und Ilse Schmidt gab es Spannungen und Kompetenzstreitigkeiten, die aber inzwischen beigelegt sein sollen. Unter den Fahrern gab es in Bezug auf Ilse Schmidt zwei Lager. Abneigung und vielleicht auch Hass auf der einen Seite sowie Achtung und Verehrung auf der anderen. Juri Kassow gehört offensichtlich zu Letzteren. Er hat gegenüber Steffen Zorn angedeutet, dass er etwas über einen Hacker-Angriff auf das firmeninterne EDV-System wüsste. Er wollte aber nur mit Inge Schmidt darüber reden und hätte heute Nachmittag einen Termin mit ihr gehabt. Mit diesem Kassow müssen wir unbedingt reden, seltsam, dass er nicht erreichbar ist."

OK Durmaz wurde unterbrochen von Miriam Fendt, die zurückkam und berichtete, dass der gesuchte Mercedes-Sprinter seit mehr als zwei Stunden auf einen Parkplatz steht. Dieser befindet sich an der Kranichsteiner Straße, die von Messel nach Darmstadt führt, kurz vor dem Bahnübergang.

Lutz Waski griff zum Telefon, rief die Dienststelle an und forderte, dass man unverzüglich einen Streifenwagen zu diesem Platz schicken soll.

Dann redete OK Durmaz weiter: „Es gab in unserem Gespräch noch den Hinweis auf Olaf Bauer, den Ex von Frau Schmidt, der wohl nicht von ihr lassen wollte.

Als letztes möchte ich noch erwähnen, dass Herr Zorn sagte, als ich ihn nach dem Verhältnis zwischen Michael Grosser und Ilse Schmidt gefragt habe: *Die beiden haben sich sehr gut – vielleicht sogar zu gut – verstanden.* Hier sollten wir nachhaken."

Die vier Kriminalisten wollten aufbrechen, als sie ein Anruf vom Präsidium erreichte.

Kommissar Waski nahm das Gespräch an. Am anderen Ende war Kriminalrat Torsten Haase, der Leiter des K10. Er informierte, dass die Streife den gesuchten Wagen gefunden und dabei einen grausigen Fund gemacht hat. Auf dem Fahrersitz befindet sich ein Toter, der offensichtlich durch einen Kopfschuss umgebracht wurde. Das Auto war unverschlossen und die Ladefläche leer.

KR Haase informierte weiter, das Hauptkommissar Goebel, der Leiter der Kriminaltechnik (KTU), mit einem Team zum Fundort unterwegs sei und auch von der Rechtsmedizin aus Frankfurt ein Mitarbeiter kommen würde. Außerdem habe man Norbert Prasse, 1. Hauptkommissar und Leiter der Abteilung Raubstraftaten, informiert, der sich ebenfalls auf den Weg gemacht habe.

Ferner teilte der Kriminalrat mit, dass Hauptkommissar Stefan Ring, ein IT-Spezialist der KTU, unterwegs zu *Hessen-Trans* ist.

Lutz Waski informierte seine Kollegen über das soeben Gehörte und entschied:

„Kerstin Demel und ich informieren Michael Grosser und Steffen Zorn und fahren dann mit dem Geschäftsführer zum Fundort des Sprinters. Ob das auch ein Tatort ist, wird sich herausstellen.

Ali, Sie bitte ich, hier in der Firma zu bleiben, nochmals mit Herrn Zorn über Juri Kassow zu sprechen und dann auch Frau Oswald um Informationen zu bitten. Außerdem sollten Sie alle Fahrer befragen, die jetzt am Freitag noch hier erreichbar sind.

„Sie, Miriam", wandte er sich an PMA Fendt, „könnten eigentlich Feierabend machen. Sie können aber auch mit uns zum Fundort fahren. Von dort wird Sie sicher ein Streifenwagen mit ins Präsidium nehmen. Ich nehme an, dass Kollegin Forstmann und ihre Leute inzwischen auch von der *Sauna-Oase* zurück sein werden. Sie können sich dann an der Auswertung aller bisher eingegangenen Informationen beteiligen. Wir brauchen für die morgige Beratung der SOKO SAUNA eine detaillierte, aber möglichst knappe Zusammenfassung der bisher erzielten Ergebnisse."

Miriam Fendt erklärte, dass sie sich sehr freue, in der SOKO mitarbeiten zu dürfen und außerdem hätte sie für den heutigen Abend sowieso nichts Besonderes vorgehabt.

HK Waski informierte noch kurz seinen Chef und gemeinsam verließen die vier Kriminalisten den Beratungsraum.

15

Freitag, 10. März, 19:00 Uhr

Hauptkommissar Lutz Waski saß am Steuer des Dienstwagens auf dem Weg zu dem Ort, wo man den Mercedes-Sprinter und den Toten gefunden hatte.

Mit im Auto waren HK Kerstin Dehmel, PMA Miriam Fendt und der Geschäftsführer von *Hessen-Trans*, Michael Grosser. Diesen hatte man kurz informiert und gebeten, mitzukommen. Kerstin Dehmel wandte sich an ihn: „Herr Grosser, mit sehr hoher Wahrscheinlichkeit handelt es sich bei dem Toten, den wir gleich sehen werden, um ihren Fahrer Juri Kassow. Sie müssen aber genau hinschauen und ihn eindeutig identifizieren. Was können Sie uns zu Juri Kassow sagen? Was war sein Fahrauftrag?"

Michael Grosser antwortete: „Juri war seit etwa fünf Jahren bei uns. Er war so um die dreißig Jahre alt und wohnte wohl noch bei seinen Eltern in Dietzenbach. Genaueres müsste ich nachschauen. Er ist gestern früh mit einem Container zum Hamburger Hafen gefahren und war heute kurz vor Mittag mit einem anderen Container zurück. Dieser kam aus China und enthielt verschiedene Coli für Firmen im Rain-Main-Gebiet. Dabei war auch eine Sendung für die Firma Merck in Darmstadt.

Dies waren 500 kg Lithium, die bei der rasanten Preissteigerung für dieses Produkt etwa 35.000 Euro wert sein dürften.

Nachdem der Container bei uns entladen wurde, war Herr Kassow mit dieser Fracht nach Darmstadt unterwegs. Er ist bei uns kurz vor 15:00 Uhr abgefahren."

HK Lutz Waski hatte auf das Blaulicht verzichtet, war aber nach noch nicht einmal fünfzehn Minuten am Ort des Geschehens. Hier standen zwei Streifenwagen und ein ziviler PKW von der RKI sowie der Kombi der Spurensicherung (*Spusi*). Einen Krankenwagen sahen die Polizisten noch abfahren. Nachdem sie Michael Grosser bedeutet hatten, vorerst im Auto zu bleiben, stiegen sie aus und gingen unter dem Absperrband hindurch zu ihren Kollegen. HK Norbert Prasse war vor ihnen eingetroffen und hatte die Leitung übernommen. Die Männer der *Spusi* waren dabei, Scheinwerfer in Betrieb zu nehmen, da es um diese Jahreszeit schon dunkel geworden war.

Lutz Waski und seine Kollegen gingen zu dem Mercedes-Sprinter, bei dem beide Seitentüren offenstanden. Auf der Fahrerseite wurden sie erwartet von Norbert Prasse und den beiden Polizisten, die mit ihrem Streifenwagen als erste am Ort waren. Diese schilderten nochmals, dass sie 18:25 Uhr alarmiert wurden und sieben Minuten später hier eintrafen.

Bei dem Transporter waren alle Türen zu, aber nicht verschlossen. Sie sahen den Fahrer auf seinen Sitz mit dem Kopf auf dem Lenkrad und erkannten, dass man ihn erschossen hatte. Sie öffneten die Türen zu beiden Seiten und im Heck und stellten fest, dass sich weder weitere Personen noch Frachtgut im Auto befanden. Sie verständigten die Zentrale und sperrten den Parkplatz, auf dem keine weiteren Fahrzeuge standen.

HK Prasse ergriff das Wort: „Als ich vor etwa zehn Minuten hier eintraf, waren die beiden Streifenpolizisten sowie zwei Sanitäter und der Notarzt beim Transporter. Dieser konnte nur den Tod des Fahrers feststellen. Nach Lage der Dinge hatte er am Steuer gesessen und der Beifahrer, die Beifahrerin, hat ihn aus nächster Näher in den Kopf geschossen. Das Projektil ist auf der anderen Seite wieder ausgetreten und hat auch noch die Seitenscheibe durchschlagen. Der Fahrer muss sofort tot gewesen sein. Auf einen Umstand, den ich nicht sofort bemerkt habe, hat mich der Notarzt hingewiesen. Man hatte den Toten die Zunge herausgeschnitten und auf das Armaturenbrett gelegt.

Ich denke, wir haben es hier mir *Organisierter Kriminalität* zu tun. Es ging nicht nur, vielleicht nicht einmal in erster Linie, um den Raub, sondern um die Bestrafung eines Verräters.

Einen Zusammenhang mit Ihrer *Saunatoten*",
wandte er sich an HK Waski, „kann ich
allerdings nicht erkennen."

Dieser antwortete: „Zunächst einmal müssen
wir sicher wissen, dass es sich bei dem Toten
um Juri Kassow handelt, woran ich nicht
zweifle. Wir haben den Geschäftsführer von
Hessen-Trans mitgebracht, damit er seinen
Fahrer identifiziert. Wenn dies erfolgt ist, haben
wir vielleicht einen wichtigen Hinweis."

PMA Fendt hatte inzwischen Michale Grosser
herbeigeholt und dieser hatte völlig fassungslos
vor dem Toten gestanden, ihn aber eindeutig als
Juri Kassow identifiziert.

HK Waski berichtete dann, dass sich Kassow
heute Nachmittag mit Ilse Schmidt treffen
wollte, weil er Hinweise auf einen Hacker-Angriff auf das EDV-System von *Hessen-Trans*
hätte. Der Kommissar redete weiter: „Juri Kassow war erschüttert, als er heute Mittag erfuhr,
dass Ilse Schmidt tot ist. Er wollte dann nach
seiner Rückkehr von Darmstadt mit Steffen
Zorn sprechen. Wenn wir das Smartphone von
Ilse Schmidt auswerten, können wir sicher
sehen, wie der Kontakt mit Kassow ausgesehen
hat. Ich könnte mir denken, dass die Bande, die
hinter dem Ganzen hier steckt, die Verabredung
zwischen Schmidt und Kassow mitbekommen
und den Verräter beseitigt hat. Sicher haben sie

auch gewusst, dass Ilse Schmidt tot ist. Ob sie aber damit etwas zu tun haben, muss geklärt werde. Persönlich bezweifle ich dies, weil ich kein Motiv erkennen kann."

Kommissar Prasse bedankte sich und sagte dann: „Wir sollten unsere Zelte hier abbrechen und die *Spusi* ihre Arbeit machen lassen. Ein Streifenwagen mag Herrn Grosser zurückbringen, wir anderen fahren ins Präsidium, wo wir unseren Chef ins Bild setzen müssen. Nach Lage der Dinge wird es nötig sein, das LKA zu informieren. Aber das soll der Kriminalrat entscheiden.
Übrigens, auf den Gerichtsmediziner müssen wir nicht warten. Ich habe entschieden, dass er hier vor Ort nicht gebraucht wird, weil die Lage eindeutig ist. Wir werden aber den Toten natürlich umgehend nach Frankfurt schicken und bitten, dass er möglichst rasch untersucht wird."

Alle stimmten zu und begaben sich zu ihren Fahrzeugen. Zurück blieben die Besatzung eines Streifenwagens und HK Goebel mit seinen Mannen.

16

Freitag, 10. März, 20:00 Uhr

Am runden Tisch im Arbeitszimmer des Chefs des Kommissariats K10 saßen Kriminalrat Torsten Haase, die Hauptkommissarinnen Kerstin Dehmel und Melanie Forstmann, die Hauptkommissare Norbert Prasse und Lutz Waski sowie Oberkommissar Ali Durmaz.

KR Haase bat zunächst den Leiter der Abteilung Raubstraftaten, HK Prasse, um seinen Bericht.

Dieser schilderte wie man den vermissten Kleintransporter und dessen toten Fahrer, Juri Kassow, gefunden hatte. Er setzte fort: „Das Ganze trägt die Handschrift von *Organisierter Kriminalität* und deutet auf eine geplante Hinrichtung und Bestrafung eines Verräters hin. Es gibt einen Hinweis, dass Kassow etwas über einen Hacker-Angriff auf *Hessen-Trans* wusste und dies Ilse Schmidt mitteilen wollte.

Hierzu kann uns sicher Ali mehr sagen."

Alle Augen richteten sich erwartungsvoll auf OK Durmaz, der sagte: „Juri Kassow hatte Steffen Zorn, das ist der Leiter des Lagers und auch Mitglied der Geschäftsleitung von *Hessen-Trans*, gestern vor seiner Abfahrt nach Hamburg gesagt, dass er Ilse Schmidt sprechen müsse, weil es einen Hacker-Angriff gäbe. Als er heute Mittag zurückkam, erfuhr Herr Zorn, dass Kassow für heute Nachmittag einen Termin mit ihr verabredet hatte. Die Nachricht von Ilses Tod hat ihn sichtlich mitgenommen und er wollte dann nach seiner Rückkehr von Darmstadt mit Steffen Zorn sprechen.

Noch ein Wort zu Juri Kassow. Da anzunehmen war, dass er der Fahrer des Transporters gewesen ist, bin ich gemeinsam mit Steffen Zorn zu Frau Oswald, das ist die Chefsekretärin, gegangen und habe die Personalakte von Juri Kassow heraussuchen lassen.

Hier die wichtigsten Fakten: Juri Kassow wurde 1995 geboren, war also 28 Jahre alt. Er wohnte noch bei seinen Eltern in Dietzenbach. Diese waren 1967 als Spätaussiedler, Nachkommen der von Stalin nach Sibirien verbannten *Wolgadeutschen*, in die Bundesrepublik gekommen. Die Familie wohnte im Spessartring, der als Problemviertel bekannt ist. Der Vater ist Automechaniker, die Mutter hat als Putzfrau gearbeitet. Juri hatte nach einem guten Realschulabschluss eine Lehre als KFZ-Mechaniker erfolgreich abgeschlossen und danach noch einige Jahre in seinem Ausbildungsbetrieb gearbeitet. 2018 hat er dann als LKW-Fahrer bei *Hessen-Trans* begonnen.

In der Personalakte befinden sich auch zwei Beurteilungen, beide sehr positiv.

Frau Oswald wusste noch zu berichten, dass Juri traurig über die Kurzarbeitsregelung war und gefragt hatte, ob er nicht mehr, vielleicht sogar Überstunden arbeiten könnte. Er wolle weg von zuhause und das würde viel Geld kosten."

OK Durmaz beendete seine Ausführungen mit den Worten: „Wir müssen auch entscheiden, wer den Eltern die traurige Nachricht überbringen muss."

Torsten Haase bedankte sich und meinte, dass man Entscheidungen am Ende der Beratung treffen werde. Zuvor wolle er noch über die Ergebnisse der *Soko Sauna* informiert werden.

Hauptkommissar Waski berichtete kurz über die in der Firma *Hessen-Trans* geführten Gespräche. Dabei stellte er fest, dass man weder Hinweise auf ein Motiv für die Tötung von Ilse Schmidt noch konkrete Verdachtshinweise auf einen möglichen Täter finden konnte. Ins Blickfeld gerückt sind aber vier Personen, der Ex-Mann der Toten sowie der Sohn des entlassenen Buchhalters, der Ilse Schmidt für den Selbstmord seines Vaters verantwortlich gemacht und beschimpft habe.

Außerdem zwei Fahrer, die 2017 fristlos entlassen worden waren. Diese hätten Ilse Schmidt gedroht und mit wüsten Beschimpfungen bedacht.

Melanie Forstmann ergriff das Wort: „Wie auf der Beratung heute Mittag festgelegt, haben wir uns um diese vier Personen gekümmert und können Folgendes feststellen:

Olaf Bauer, der Ex ist nach wie vor als Fahrer bei *Hessen-Trans* beschäftigt. Da dort Kurzarbeit eingeführt wurde, hat er diese Woche frei und soll erst am Sonntag 16:00 Uhr in der Firma erscheinen. Unter seiner Wohnadresse war er nicht anzutreffen. Die Nachbarn wussten nur, dass er mit seinem Motorrad weggefahren ist. Ich denke, wir sollten bis Sonntag warten und ihn erst, wenn er nicht erscheint, zur Fahndung ausschreiben. Den Sohn des Buchhalters haben wir noch nicht erreicht.

Mit den beiden Fahrern sieht es anders aus.

Einer von denen ist noch 2017 von hier weggezogen und hat Arbeit bei einer Spedition in Bremen gefunden. Derzeit ist er mit seine LKW in Skandinavien unterwegs, bereits seit vergangenem Dienstag.

Der andere, Fredy Strom, hatte nach kurzer Arbeitslosigkeit 2018 bei einer Spedition in Kelsterbach angefangen. Drei Jahre später wurden bei einer Kontrolle in seinem LKW-Kastenwagen sieben illegal eingereiste Personen entdeckt – völlig am Verdursten. Eine ältere Frau ist gestorben. Es kam zu einem Gerichtsverfahren und Fredy Strom wurde wegen Beteiligung an Menschenhandel und fahrlässiger

Tötung zu einer Freiheitsstrafe verurteilt, obwohl er beteuert hatte, von seiner *Fracht* nichts gewusst zu haben.

Vor drei Wochen wurde Storm vorzeitig auf Bewährung entlassen. Ihm wurde ein Bewährungshelfer zur Seite gestellt und eine Wohnung in Darmstadt-Kranichstein zugewiesen. Dort ist er nicht auffindbar und sein Bewährungshelfer hat Strom, seit er ihn von der JVA Dieburg abgeholt hat, nicht mehr gesehen. Der Verstoß gegen die Bewährungsauflagen hat uns ausgereicht, ihn zur Fahndung auszuschreiben. Ob er Rachegelüste gegen Ilse Schmidt realisiert hat, wird sich zeigen, wenn wir ihn haben. Ich glaube aber kaum, dass er unser Mann ist."

HK Forstmann informierte dann noch kurz über die Aktivitäten der *Soko* in der *Sauna-Oase* und stellte abschließend fest: „Es war eine Sisyphusarbeit, alle Saunagäste zu finden und zu befragen. Ich lasse hier einmal alle Einzelheiten weg und stelle fest, dass es nur eine erfolgversprechende Spur gibt – nämlich den dritten Mann vom *Sauna-Ritual*. Wir wissen, dass acht Personen teilgenommen haben, Ilse Schmidt und ihre vier Freundinnen, ein männliches Paar und eben der *Dritte Mann*. Diesen kannte niemand, auch das Personal nicht. Er war wohl zum ersten Mal in der *Sauna-Oase* und kam gegen 14:00 Uhr. Neben dem Eintritt hat er auch gleich das *Finnische-Sauna-Ritual* bezahlt. Personalien der Besucher werden nicht erfasst, die Stammgäste kennt man aber, weil diese fast alle Zehner- oder Zwanzigerkarten haben. Der Schrank des *Dritten Mannes* hatte die Nummer 231. Als nach dem Brand die Personalien aller Saunagäste aufgenommen wurden, war er schon verschwunden. Er hatte im allgemeinen Trubel das Gebäude unbemerkt verlassen. Der Schrank 231 stand offen, der Schlüssel steckte. Es waren auf dem zugehörigen Chip aber keine Kosten verbucht. Die Kollegen haben den Bereich um diesen Spind abgesperrt und unsere *Spusi* hat sich diesen inzwischen vorgenommen. Ich denke, nach diesem *Dritten Mann* sollten wir fahnden. Vielleicht gibt es inzwischen Fingerabdrücke oder DNA-Spuren von ihm."

Kriminalrat Torsten Haase bedankte sich und traf folgende Entscheidungen: „Wir behandeln die beiden Todesfälle getrennt. Ein möglicher Zusammenhang erscheint mir zu schwach. Sie, Lutz, kümmern sich mit Ihrer *Soko* weiter um die Tote in der Sauna.
Der Mord an Juri Kassow wird von der Abteilung Raubstraftaten weiter untersucht, allerdings werde ich das LKA informieren. Ihnen, Norbert, kann ich leider nicht ersparen, mit den Eltern des Toten zu sprechen."

Damit war die Beratung beendet und man ging auseinander. HK Waski betrat den Beratungsraum des K10, wo die anderen Kollegen der Soko fleißig dabei waren, die Berichte über ihre Aktivitäten zu verfassen, bzw. die der Kollegen zu lesen, und sagte: „Schluss für heute. Wir treffen uns morgen um 8:00 Uhr."

Man verabschiedete sich und Lutz bot Miriam Fendt an, sie nach Dieburg mitzunehmen.
Diese nahm das Angebot freudig an.

17

Lutz Waski fuhr mit seinem PKW auf der B 26 Richtung Dieburg. Neben ihm saß Miriam Fendt und plauderte munter drauflos. Sie erzählte, dass ihre Eltern vor vier Jahren einen Neubau im Westen der Stadt bezogen haben und sie dort eine kleine Einliegerwohnung hat. Ihr Vater sei Beamter im Regierungspräsidium und ihre Mutter Lehrerin. Mit beiden würde sie sich prächtig verstehen, weil diese ihr alle Freiheiten ließen.

Lutz unterbrach und fragte: „Haben Sie auch einen Freund? Bei so einer hübschen jungen Frau stehen doch die Männer sicher Schlange."

Miriam errötete, was der Fahrer glücklicherweise nicht sehen konnte und antwortete: „Ich hatte einen festen Freund, habe mich aber vor einem halben Jahr von ihm getrennt. Er kam nicht damit klar, dass ich Polizistin geworden bin, und hat mich manchmal als *Bullin* tituliert. Ich wollte aber schon immer zur Polizei. Da meine Abi-Noten gut waren und ich als aktive Handballerin auch körperlich fit bin, wurde ich sofort genommen.

Der Dienst macht mir Spaß, besonders gern fahre ich mit Philipp (gemeint ist Polizeihauptmeister Philipp Martin) auf Streife. Leider ist der glücklich verheiratet.

Mein Wunsch ist es aber, zur Kriminalpolizei zu gehen".

„Na, da warten wir einmal ab, vielleicht ergibt sich eine Möglichkeit", meinte Lutz Waski.

Inzwischen waren die beiden vor Miriams Wohnung angelangt. Ihr Angebot, noch auf einen Kaffee mit hineinzukommen, hat Lutz abgelehnt – so sympathisch er die junge Kollegin auch fand.

Wenig später hatte er sein Auto daheim vor der Garage abgestellt und ging ins Haus. Im Wohnzimmer seiner Schwiegereltern saßen seine Frau Steffi mit ihrer Mutter vor dem Fernseher. Dieser wurde ausgeschaltet. Steffi kam auf ihren Mann zu und begrüßte ihn mit einem zärtlichen Kuss. Lilo Brenner fragte: „Lutz, möchtest du noch eine Kleinigkeit essen?"

Der so Angesprochene verneinte, meinte aber, dass ein Bier nicht schlecht wäre. Dann fragte er nach den Kindern und wollte wissen, wo deren Opa sei. Während ihre Mutter das Bier holte, sagte Steffi: „Vater ist, wie oft freitags, bei seinem Stammtisch. Hier ist ging alles seinen normalen Gang. Tobias und Cosima waren heute besonders artig und schlafen jetzt friedlich in ihren Bettchen, die Babyphone sind eingeschaltet. Auf Arbeit bei mir gab es heute etwas zu lachen. Ihr kennt doch den Blondinenwitz, wo diese ein Schreiben in den Aktenver-

nichter steckt und fragt, wo die Kopien heraus-
kämen. Das wäre unserer Azubi heute beinah
auch passiert. Als wir uns alle noch kräftig
amüsierten, sagte Irmgard, die schon lange
dabei ist: „Das ist tatsächlich passiert. Bei der
Bürgermeisterwahl 2020, da war Herr Raum
war noch im Dienst und der Wahlleiter, kam
eine ältere Frau und wollte ihre Briefwahlunter-
lagen persönlich abgeben. Statt in die Wahlurne
hat sie diese aber in den Aktenvernichter
gesteckt. Sie wollte aber unbedingt wählen,
weil doch der Bürgermeister als Mitglied der
Feuerwehr bei ihr einen Heckenbrand mit
gelöscht habe. Das Ausstellen der Ersatzunter-
lagen war ziemlich aufwändig. Dabei wäre eine
Stimme bei der 89%-igen Zustimmung für den
amtierenden Bürgermeister nicht ins Gewicht
gefallen.“
Steffi hatte ihre Rede kaum beendet, als Werner
Brenner von seinem Stammtisch heimkam. Er
begrüßte alle und meinte: „Wir sollten uns jeder
etwas Trinkbares nehmen und dann möchten
wir hören, was uns Lutz über die Ermittlungen
zum Brand in der *Sauna-Oase* sagen kann,
beziehungsweise sagen darf.“
Man setzte sich um den Couchtisch, die Männer
hatten jeder ein Bier vor sich stehen, jede der
Frauen ein Glas Wein.
Lutz berichtete von den aufwändigen Ermittlungen und musste eingestehen, dass man für

den Tod von Ilse Schmidt weder ein Motiv noch einen Täter habe finden können, obwohl seine Kollegen und auch selbst sich bei *Hessen-Trans* umfassend umgehört hätten und auch die Sauna-Gäste eingehend befragt worden seien.

Lutz erwähnte noch, dass eine junge, hübsche Polizistin von der Dieburger Dienststelle mit im Team sei und kam dabei ein bisschen ins Schwärmen, sodass Steffi unterbrach: „Muss ich mir da etwa Gedanken machen?"

Lutz lachte, verneinte und erzählte noch, dass ein Fahrer von *Hessen-Trans*, der unterwegs nach Darmstadt war, getötet, man kann sagen hingerichtet, wurde. „Ich denke aber", beendete er seine Rede, „die beiden Fälle haben wahrscheinlich nichts miteinander zu tun."

Seine Zuhörer wollten Genaueres wissen, aber Lutz meinte, dass er nicht mehr sagen könne.

Nach einer Pause, in der jeder seinen Gedanken nachhing, redete Werner Breuer: „Ihr wisst ja, dass ich mich ziemlich regelmäßig mit ein paar Kollegen, alles ehemalige Lufthanseaten, treffe. Heute waren wir zu fünft. Beim Hinausgehen kam einer zu mir und sagte: „Werner, dein Schwiegersohn ist doch bei der Kripo, da muss ich dir etwas zeigen." Er zückte sein Handy und da sah ich einen Text, den ich überspielt habe. Hier ist er."

Werner schaltete sein Smartphon ein und alle konnten lesen:

Du willst etwas Besonders?
Eine junge HETÄRE erwartet Dich.
Rufe 0161-6666666 an!

Werner Breuer berichtete weiter: „Mein Kollege sagte, er habe diese Anzeige aus dem Internet. Als er die angegebene Nummer anrief, habe eine weiche weibliche Stimme um seine Telefonnummer gebeten und einen Rückruf angekündigt. Dieser sei am nächsten Tag erfolgt. Er habe eine Adresse erhalten, sei dorthin gefahren und hätte des besten Sex seines Lebens gehabt.

Er meinte, diese Hetäre sei Ilse Schmidt gewesen. Er hätte diese zwar nur einmal bei *Hessen-Trans* gesehen, sei sich aber ziemlich sicher. Mehr wollte er nicht sagen. Er bat mich auch, dir seinen Namen nicht zu verraten, notfalls würde er alles abstreiten. Schließlich sei er glücklich verheiratet und auch nicht mehr der Jüngste."

Lutz hatte, genauso wie die beiden Frauen, die Geschichte mit Staunen zu Kenntnis genommen und sagte: „Wir werden diesen Hinweis selbstverständlich nachgehen. Wenn etwas dran ist, wird dein Kollege aber aussagen müssen, schließlich geht es um Mord.

Werner, versuche doch bitte, ihn zu überzeugen, dass er sich mit mir in Verbindung setzt. Diskretion können wir ihm zusichern."

Nachdem man sich noch etwas über Alltäglichkeiten unterhalten hatte, war Zeit zum Schlafengehen.

Im Hinausgehen flüsterte Steffi ihrem Mann ins Ohr: „Willst du etwas Besonderes? Dann komm mit deiner Hetäre ins Schlafzimmer." Damit verschwanden die beiden nach oben

18

Sonnabend, 11. März, 8:00 Uhr

Im großen Beratungsraum des Kommissariats K10 waren alle 12 Mitglieder der *Soko Sauna* versammelt. Es waren dies HK Lutz Waski und die Mitarbeiter seiner Abteilung, HK Melanie Forstmann, Kriminalkommissarin (KK) Gisela Bernd und KK Ralph Kleinert. Von der Abteilung *Raubstraftate*n war HK Kerstin Dehmel dabei und von der *Vermisstenstelle* OK Ali Durmaz. Vom K10 gehörten noch die Kommissarinnen Tina Fritz und Evi Hauser sowie weitere drei Kollegen zur *Soko* sowie PMA Miriam Fendt von der Polizeistation Dieburg.

Anwesend waren auch die Hauptkommissare Stefan Ring und Heinz Wohlfeld von der KTU. Nachdem Lutz Waski alle begrüßte hatte, bat er HK Ring als Ersten um seinen Bericht, weil sich dieser anschließend der weiteren Auswertung des Laptops von Ilse Schmidt widmen sollte.

Stefan Ring hatte sich mit dem EDV-System der Firma *Hessen-Trans* eingehend befasst und sagte: „Ich konnte eindeutig feststellen, dass Hacker in das System eingedrungen sind, und zwar am vergangenen Donnerstag um 2:30 Uhr. Ich konnte die Schadsoftware lokalisieren und deaktivieren, aber nicht feststellen, woher sie kam und auf welchen Weg sie eingeschleust wurde. Es waren eigentlich ziemlich starke Firewalls vorhanden. Sicherheitshalber habe ich alle Verbindungen des Systems nach außen gekappt.

Was mit dem System im Einzelnen los ist, muss noch untersucht werden. Hier benötigen wir aber Hilfe von Spezialisten des LKA, ich habe den Chef schon diesbezüglich informiert."

Der IT-Spezialist Stefan Ring hatte seine Rede kaum beendet als Kriminalrat Torsten Haase, der Leiter des K10, den Raum betrat. Er begrüßte alle Anwesenden und sagte: „Wir müssen die Beratung der *Soko* leider unterbrechen. Unser Chef, Polizeioberrat Werner Schütz, hat gebeten, dass Lutz Waski und ich gleich zu ihm kommen."

Die beiden gingen los, meldeten sich im Vorzimmer des Leiters der RKI und wurden von der Sekretärin aufgefordert, gleich zum Chef hineinzugehen.

Im normal eingerichteten Chefbüro saßen der Kriminaldirektor sowie HK Norbert Prasse und ein ihnen unbekannter, etwa 40 Jahre alter, gut gekleideter Mann. Werner Schütz stand auf, kam ihnen entgegen, reichte beiden die Hand zeigte auf den Unbekannten und sagte: „Das ist Hauptkommissar Jan Spitzer vom Bundeskriminalamt (BKA), er wird uns gleich sagen, worum es geht. Setzen sie sich bitte zu uns."

Alle nahmen Platz und HK Spitzer ergriff das Wort: „Liebe Kollegen, ich bin hier, um ihnen zu sagen, dass der Fall Juri Kassow ab sofort das BKA übernommen wird. Ich bitte, mir alle vorliegenden Untersuchungsergebnisse und Unterlagen zu übergeben. Sie haben mit diesem Fall nichts mehr zu tun."

Er bemerkte die verwunderten Blicke seiner Gesprächspartner und setzte fort: „Ich war selbst jahrelang Mitarbeiter einer RKI und weiß deshalb, wie man über die da oben, also über BKA und LKA, denkt. Deshalb gebe ich ihnen einige Informationen, die aber absolut vertraulich sind.

Kassow war Mitglied einer international operierenden Bande, die auf das Ausrauben von LKWs spezialisiert ist. Dazu dringen sie in die EDV-Systeme von Speditionen ein und wissen somit, wann und wo welche Güter transportiert werden. Neuerdings sind sie auch dazu übergegangen, die ausgespähten Firmen mit der Drohung zu erpressen, deren Computer völlig lahm zu legen. Gemeinsam mit Kollegen aus den Niederlanden sind wir an der Sache dran und werden demnächst zugreifen. Von einem unserer V-Männer hatten wir erfahren, dass an dem *Verräter Kassow* ein Exempel statuiert werden soll. Leider sind wir zu spät gekommen. Unser V-Mann hatte, wie sicher auch andere Bandenmitglieder, ein Bild von dem toten

Kassow mit der herausgeschnittenen Zunge erhalten.

Sie verstehen jetzt sicher, dass diese Sache unser Fall ist."

Alle drei mit am Tisch sitzenden Kriminalisten signalisierten Zustimmung, nur Lutz Waski hatte noch einen Einwand: „Juri Kassow war bei *Hessen-Trans* beschäftigt. Wir untersuchen den unnatürlichen Todesfall der Prokuristin dieser Firma. Nach Aussage des Lagerverwalters Steffen Zorn wollte Juri Kassow diese über einen Hacker-Angriff informieren. Er hatte diesbezüglich wohl eine SMS geschrieben.

Möglicherweise war dies sein Todesurteil. Unsere Spezialisten haben festgestellt, dass es einen erfolgreichen Hacker-Angriff tatsächlich gab. Hier wollten wir zur genaueren Untersuchung Hilfe von außen anfordern und dachten an das LKA. Da jetzt das BKA übernimmt, hat sich dies erledigt. Wir bitten aber um Information, wenn sich bei den Untersuchungen Hinweise auf den Tod von Ilse Schmidt ergeben."

Dies wurde zugesichert und damit war die Besprechung beendet.

19

Als Lutz Waski den großen Beratungsraum des K10 betrat, wurde er von den Mitgliedern der *Soko-Sauna* erwartungsvoll angesehen.

„Wir konzentrieren uns ab sofort ausschließlich auf die *Tote in der Sauna*", lauteten seine ersten Worte. „Den Fall Juri Kassow übernimmt das BKA, mehr kann ich dazu vorerst nicht sagen.

Wir sollten jetzt als erstes die Kollegen der *Spusi* zu Wort kommen lassen und uns anschließend mit dem Geschehen rund um das *Finnische-Sauna-Ritual* befassen.
Danach sehen wir weiter."

HK Melanie Forstmann wandte ein: „Lutz, während du weg gewesen bist, kam der vorläufige Bericht der Rechtsmedizin. Diesen sollten wir erst einmal zur Kenntnis nehmen."
„Natürlich," lautete die Antwort.
„Melanie, setze uns bitte ins Bild."
Die Kommissarin erläuterte die Aussagen der Gerichtmediziner und hob hervor:
„Der Allgemeinzustand von Ilse Schmidt war sehr gut. Sie ist auch nicht durch den Brand in der Sauna ums Leben gekommen. Weder in der Lunge noch in den Atemwegen wurde Rauchpartikel gefunden.

Die erheblichen Brandverletzungen, die am Leichnam festgestellt wurden, sind erst post mortem (nach dem Tod) entstanden.

Todesursache war eindeutig eine Überdosis von *Liquid Ecstasy*. Diese Substanz, auch als *K,O,-Tropfen* bekannt, wurde Ilse Schmidt oral zugeführt und konnte sowohl im Blut als auch im Verdauungstrakt nachgewiesen werden. Durch die sehr hohe Dosierung kam es rasch zu einem akuten Herzversagen."

Hauptkommissar Heinz Wohlfeld meldete sich zu Wort: „Ich halte in diesem Zusammenhang ein weiteres Untersuchungsergebnis für wichtig: Uns haben die vor der Feuersauna stehenden Flaschen sehr interessiert. Dazu später mehr. Aber wir wissen, dass Ilse Schmidt als einzige Cola getrunken hat. Auf den Scherben der Cola-Flasche waren ihre Fingerabdrücke, wir hatten sie von der Toten vor deren Abtransport zur Gerichtsmedizin genommen. Bei diesen Scherben konnten wir Spuren von *Liquid-Ecstasy* nachweisen. Damit dürfte klar sein, auf welchem Weg die Droge in den Körper von Ilse Schmidt gelangt ist."

Lutz Waski erhob die Stimme: „Nach Lage der Dinge müssen wir davon ausgehen, dass Ilse Schmidt vorsätzlich getötet wurde – es war also Mord!

Der Täter oder die Täterin hat dafür gesorgt, dass Ilse Schmidt eine sehr hohe Dosis von

Liquid Ecstasy zu sich nimmt und ist davon ausgegangen, dass die dann bewusstlose Person durch das Feuer oder direkt durch die Droge umkommt.

Wenn diese Annahme richtig ist, müssen wir folgende Fragen vordringlich klären:

- Wer wusste davon, dass Ilse Schmidt Cola geordert hatte?
- Wer war im Besitz von *Liquid Ecstasy* und hatte die Möglichkeit, dieses unbemerkt in die Cola-Flasche zu geben?
- Wer hasste Ilse Schmidt so abgrundtief oder hatte ein anderes starkes Motiv, dass er einen Mord auf sich nahm?

Um hier Antworten zu finden, müssen wir zunächst das Geschehen rund um das *Finnische-Sauna-Ritual* genau analysieren.

Melanie," wandte er sich an seine Stellvertreterin, „du hast gestern die Befragungen der Saunagäste und des Personals geleitet, was habt ihr herausgefunden?"

Hauptkommissarin Forstmann begann ihren Bericht: „Wir sind gestern zu neunt nach Eppertshausen gefahren. Gisela Bernd hat sich mit der Frau unseres Chefs, Steffi Waski, und deren Freundin Heidrun Schledt unterhalten. Dabei wurde all das bestätigt, was wir schon über den Ablauf des *Finnischen-Sauna-Rituals* gewusst haben. Allerdings hatte Heidrun Schledt beim Saunabesuch vor einer Woche eine heftige Auseinandersetzung zwischen Ilse Schmidt und Marion Wegner beobachtet. Sie hatte nicht mitbekommen, worum es ging, aber deutlich gehört, dass Ilse sagte: *Wenn das nicht aufhört, muss ich die Polizei einschalten."*

Melanie setzte fort: „KK Ralph Kleinert hat zusammen mit PMA Fendt das Personal der *Sauna-Oase* befragt. Zum Ergebnis kann dann Ralph etwas sagen.

Wir übrigen sechs Personen haben uns zunächst die Listen vorgenommen, auf denen die zur Zeit des Brandes anwesenden Gäste verzeichnet waren. Dies waren außer den acht am *Sauna-Ritual* beteiligten noch 62 Personen. Wir hatten von allen Namen, Anschriften und in vielen Fällen auch Telefonnummern und haben – mit einer Ausnahme – alle sprechen können, teils persönlich, teils telefonisch. Die Ausnahme ist ein junger Mann, der den nicht sehr originellen Namen Norbert Neidhardt angegeben hatte und dazu eine Adresse in Ober-Roden, die es nicht gibt. Von diesem NN haben wir eine recht gute Personenbeschreibung sowie die Nummer seines Schrankes. Unsere *Spusi* hat dort Fingerabdrücke und DNA-Material sichergestellt.

Im Ergebnis dieser Befragungen haben wir dann in einem Plan des gesamten Sauna-Areals eingezeichnet **wer** sich in der Zeit zwischen 17:30 Uhr und den Ausbruch des Brandes 19:30 Uhr **wo** aufgehalten hat.

18:00 Uhr begann das Ritual und zeitgleich gab es in der benachbarten Blockhaussauna einen normalen Aufguss, an dem 16 Personen, darunter auch NN, teilgenommen hatten. Diese waren etwa fünf Minuten vorher gekommen und hatten die Blockhaussauna nach Ende des Aufgusses, der 12 Minuten dauerte, verlassen. Dabei mussten sie an der *Feuersauna* vorbei, in der das *Finnische-Ritual* in vollem Gange war. Fünfzehn Leute konnten wir fragen, ob zu diesem Zeitpunkt die Getränke schon bereit standen. Drei haben diese Frage bejaht und zwei verneint. Die übrigen zehn konnten sich nicht erinnern.

Die 46 anderen Personen waren entweder in einer anderen Sauna, im Ruheraum oder in der Gaststätte.

Interessant ist aber Folgendes: Sieben der aus der Blockhaussauna zurückkommenden Gäste hatten in der Nähe der Feuersauna einen Mann bemerkt, der nicht am Aufguss teilgenommen hatte. Ein solcher Mann taucht in den von uns bearbeiteten Listen nicht auf und ist auch nicht als zahlender Besucher erfasst.

Wir haben diese sieben Augenzeugen um eine Personenbeschreibung gebeten, natürlich getrennt. Herausgekommen ist nicht viel. Einig war man sich, dass der Unbekannte einen weißen Bademantel trug und kurze blonde Haare sowie einen kleinen Oberlippenbart hatte.

Bei der Größe schwanken die Angaben zwischen 1,75 m und 1,85 m, beim Alter zwischen 25 und 45 Jahren.

Es wurden auch die beiden Männer, die am *Saunaritual* teilgenommen hatten, befragt. Sie erklärten freimütig, dass sie ein Paar seien. Sie kämen öfters in die *Sauna-Oase* und hätten nichts Außergewöhnliches bemerkt."

HK Forstmann beendete ihre Ausführungen mit der Feststellung, dass man sich vorrangig um drei Personen kümmern müsse. Nämlich um den *Dritten Mann* vom *Sauna-Ritual;* um die als NN erfassten Person sowie um den ominösen Gast, der nach dem Aufguss gesehen wurde.

Lutz Waski würdigte die fleißige Arbeit der Kollegen und war mit den gezogenen Schlussfolgerungen einverstanden. Danach bat er Kommissar Kleinert um die Ergebnisse der Befragungen des Personals der *Sauna-Oase*.

Ralph Kleinert begann: „Vorgestern waren am Nachmittag und Abend sieben Angestellte anwesend. Eine Frau an der Rezeption, zwei Personen in der Küche und zwei für den Service in der Gaststätte. Hinzu kamen der Hausmeister, der auch das *Finnische-Saunaritual* zelebriert hatte, sowie ein Student, der als Minijobber für die normalen Aufgüsse zuständig war.

Alle Personen wurden von Miriam und mir eingehend befragt, konnten aber nichts berichten, was über den normalen Ablauf des Saunabetriebes hinausgegangen wäre.

Natürlich hat uns besonders die Getränkebereitstellung für das *Finnische-Ritual* interessiert. Die Service-Chefin, Vanessa Nau, hatte die Bestellungen entgegengenommen.

Von den acht Personen, die das Ritual gebucht hatten, wurde siebenmal Bier und einmal Cola gewünscht.

Kurz nach 18:00 Uhr habe sie diese Getränke und dazu noch zwei Flaschen Bier und zwei Flaschen Mineralwasser in einem Kasten vor der *Feuersaun*a abgestellt. Sie habe alle Flaschen unmittelbar vorher aus dem Lager geholt. Das Ganze sei wie immer vor sich gegangen."

Kommissar Kleinert beendete seine Ausführungen mit den Worten: „Viel haben diese Aussagen sicher nicht zur Aufklärung unseres Falles beitragen können. Aber wir wissen immerhin, dass das *Liquid Ecstasy* zwischen 18:00 Uhr und 18:30 Uhr in die Cola-Flasche gelangt sein muss."

„Oder die Flaschen wurden vertauscht", warf Miriam Fendt etwas vorlaut ein, erntete aber ein anerkennendes Nicken von Lutz Waski.

Hauptkommissar Heinz Wohlfeld ergriff nochmals das Wort: „Wir haben die sichergestellten Flaschen natürlich genau untersucht. Auf einen Widerspruch möchte aufmerksam machen. Von Frau Nau wurden 12 Flaschen bereitgestellt, wir haben aber, wenn man die Scherben der Cola-Flasche mitrechnet, 14 gefunden. Auf zwei Bier- und den beiden Wasserflaschen befanden sich nur die Fingerabdrücke von Vanessa Nau. Auf sieben Bierflaschen fanden wir weitere Abdrücke von denen sechs eindeutig den Teilnehmern an Ritual zugeordnet werden konnten. Die von der siebten Flasche stammen also mit hoher Wahrscheinlichkeit vom *Dritten Mann* und sind identisch mit denen, die wir an dem Schrank mit der Nummer 231 gefunden haben.

Bleiben zwei Bierflaschen. In ihnen konnten wir Reste des Brandbeschleunigers nachweisen. Fingerabdrücke waren nicht zu finden, die Flaschen wurden sorgfältig abgewischt."

HK Waski bedankte sich und sagte: „Hinsichtlich Brandursache und Tathergang sind wir etwas schlauer. Aber bezüglich des Tatmotivs und der Person, die den Mord begangen hat, tappen wir noch völlig im Dunkeln. Was die Befragungen bei *Hessen-Trans* angeht, haben wir alle die entsprechenden Berichte gelesen. Wenn einem von euch etwas aufgefallen ist, möge er dies nachher ansprechen. Ich möchte jetzt die weiteren Aufgaben verteilen. Zuvor bitte ich aber Melanie, uns kurz mitzuteilen, was ihre Unterhaltung mit Marion Wegner ergeben hat. Du wolltest doch gestern nach unserer Besprechung noch zu ihr fahren."

HK Forstmann antwortete: „Ich kann es ganz kurz machen, weil ich Frau Wegner nicht erreicht habe. Zunächst habe ich es bei ihr Zuhause versucht, danach bei ihrer Arbeitsstelle, der Schlossapotheke in Münster. Es war zwar schon kurz vor 22;00 Uhr, aber man hatte Nachtdienst. So erfuhr ich, dass Marion Wegner bis 21:00 Uhr da gewesen war und ihren Dienst, den sie heute gehabt hätte, getauscht hat, weil sie übers Wochenende wegfahren wollte. Telefonisch habe ich Frau Wegner nicht erreichen können, weder übers Festnetz noch auf ihrem Handy."

Lutz Waski runzelte die Stirn, sagte dann aber: „Erst einmal weiter im Text.
Ich möchte euch noch über einen Hinweis informieren, den mein Schwiegervater gestern beim Stammtisch von einem ehemaligen Kollegen erhalten hatte. Dieser zeigte folgende Anzeige:" Lutz projizierte von seinem Smartphone:

Du willst etwas Besonders?
Eine junge HETÄRE erwartet Dich.
Rufe 0161-6666666 an!

Dann redete er weiter: „Der Arbeitskollege sei bei dieser HETÄRE gewesen und war ziemlich sicher, dass es Ilse Schmidt war.

Übrigens, ich habe mein Wissen über die Antike aufgefrischt und bei WIKIPEDIA folgendes gefunden:"

HETÄREN (altgriechisch *Gefährtinnen*) waren weibliche Prostituierte im Altertum.
Im Gegensatz zu Huren, waren sie sozial anerkannt. Die antiken Hetären waren gebildet und betrieben gewerbsmäßig Musik. Sie beherrschten die Kunst des Tanzes und des Gesangs.

Nach einer kurzen Pause, in der sich allgemeine Verwunderung breit gemacht hatte, sprach Lutz Waski weiter: „Natürlich werden wir diesem Hinweis nachgehen. Sorge macht mir aber, dass Marion Wegner nicht erreichbar ist. Wir hatten sie als wichtige Zeugin gebeten, uns zur Verfügung zu stehen. Ich bitte HK Forstmann, hier am Ball zu bleiben.

Die übrigen Aufgaben möchte ich wie folgt verteilen:

– Nach dem Ausscheiden von Erwin Schnabel hat *Hessen-Trans* mit der Buchhaltung eine externe Firma beauftragt, und zwar die Steuer- und Wirtschaftsberatungsgesellschaft *Carolus* in Frankfurt. Mit dem Seniorchef Karl Schwarz habe ich vorhin kurz gesprochen, er ist bis Mittag im Büro, Ich bitte KK Bernd nach Frankfurt zu fahren und Herrn Schwarz zu Ilse Schmidt zu befragen. Vielleicht hat man dort auch ihre private Steuererklärung gemacht. Da können Sie, Gisela, vielleicht etwas über die Finanzverhältnisse der Toten erfahren. Wenn sich Herr Schwarz auf das Steuergeheimnis beruft, müssen wir gegebenenfalls den Staatsanwalt oder einen Richter einschalten.

– Wir müssen dringend mit Olaf Bauer und Fredy Storm sprechen. Dieses möchte ich HK Dehmel übertragen. Kerstin, Sie wissen, dass Olaf Bauer morgen bei Hessen-Trans erwartet wird und dass die Fahndung nach Storm läuft. Versuchen Sie, die beiden zu erreichen. Es wäre wichtig zu klären, ob sie für die Tatzeit Alibis vorweisen können.

– Wir sollten versuchen, hinter die Identitäten der drei Unbekannten vom Donnerstag zu kommen. Vom *Dritten Mann* und von NN haben wir immerhin Fingerabdrücke. Von dem anderen wissen wir noch nichts, Die Aufgabe, hier Licht ins Dunkel zu bringen möchte ich KK Ralph Kleinert übergeben.

– Wir wissen, dass der Sohn von Erwin Schnabel für das Unglück, das über seine Familie hereingebrochen war, ausschließlich Ilse Schmidt verantwortlich gemacht hat. Ob dieser Sohn etwas mit ihrem Tod zu tun hat, müssen wir auch klären. Ich möchte diese Aufgabe Kommissarin Tina Fritz übertragen.

– Mit HK Heinz Wohlfeld zusammen möchte ich nach unserer Beratung zur Wohnung von

Ilse Schmidt fahren. Unsere *Spusi* ist ja durch den Fall Kassow noch nicht dazu gekommen, sich dort gründlich umzusehen.
Heinz wird eventuell noch Mitarbeiter der KTU hinzuziehen.

Alle bisher nicht genannten Kollegen unserer *Soko* können ins Wochenende gehen, sollten aber in Breitschaft bleiben.
Gibt es Fragen oder Einwände?"

PMA Miriam Fendt meldete sich zu Wort: „Bei meinem Gespräch mit Birgit Gruber kam die Sprache auch auf den ehemaligen Freund von Marion Wegner. Es fiel aber nur der Name *Heiko*. Vielleicht sollten wir uns diesen Knaben auch einmal näher ansehen. Das würde ich gern übernehmen."
„Sehr gut Miriam" wurde die junge PMA vom Leiter der *Soko* gelobt. „Sie machen das aber nicht allein, sondern zusammen mit Kommissarin Evi Hauser."

Hauptkommissar Waski beendete die Beratung und sagte zu HK Wohlfeld: „Heinz, gehen Sie schon mal vor. Ich will noch den Kriminalrat kurz informieren und komme dann zu Ihnen in die KTU."

20

Sonnabend, 11. März, 9:30 Uhr

Lutz Waski ging zum Vorzimmer des Leiters des Kommissariats K10, klopfte kurz an und trat ein. Die Sekretärin, Frau Schreiber, war nicht anwesend, aber die Tür zum Zimmer des Kriminalrates stand offen. Dieser sah kurz hoch und sagte: „Kommen Sie bitte herein. Ich bin gerade dabei, die Berichte der *Soko* zu lesen und muss sagen, es wurde eine fleißige Arbeit geleistet."

„Das mag sein", entgegnete Lutz, „wir wissen jetzt, dass es Mord war. Wir wissen auch, **wie** und **wann** dieser geschehen ist, aber bezüglich des **warum** und vor allem des **wer** tappen wir noch völlig im Dunkeln. Wir verfolgen zwar Hinweise, dass Rachegedanken realisiert wurden oder dass abgewiesene Liebe in Hass umgeschlagen ist – aber das alles scheint mir doch sehr dünn. Natürlich werden die betreffenden Personen befragt." Damit erläuterte der Leiter der *Soko-Sauna* das weitere Vorgehen.
Dies fand die ausdrückliche Billigung von KR Torsten Haase.
Lutz Waski ergriff nochmals das Wort: „Bevor HK Wohlfeld und ich jetzt gleich nach Eppertshausen fahren und uns die Wohnung von Ilse Schmidt vornehmen, will ich noch einen Gedanken loswerden; „Wir haben Marion Wegner

bisher nicht erreichen können. Als beste Freundin von Ilse Schmidt ist sie eine wichtige Zeugin für uns. Wir hatten sie gebeten, sich zur Verfügung zu halten, was sie offensichtlich ignoriert hat. Marion Wegner hat als Apothekerin sicher Zugang zu *Liquid Ecstasy.* Ich kann mir zwar nicht vorstellen, wie sie dies in der kurzen Zeit in die Cola-Flasche von Ilse Schmidt hätte praktizieren können und vor allem sehe ich kein Motiv, weshalb sie ihre Freundin hätte ermorden sollen – aber mir wäre wohler, wenn wir mit Marion Wegner reden könnten. Um sie zur Fahndung auszuschreiben, reichen die vorliegenden Fakten nicht aus. Aber Torsten," wandte er sich an seinen Chef: „Sie haben doch einen guten Draht zum Leiter der Bundespolizei am Frankfurter Flughafen. Vielleicht können Sie ihm die Daten von Ilse Schmidt zukommen lassen. Da wären wir sicher, dass die Frau nicht so schnell aus Europa verschwindet. Es kann sein, dass ich Gespenster sehe, aber wie heißt es: Vorsicht ist besser als Nachsicht. Übrigens habe ich Melanie gebeten, sich um das Verbleiben von Marion Wegner zu kümmern."

Kriminalrat Haase teilte die Meinung von Lutz Waski zwar nur bedingt, erklärte aber, dass er mit Polizeioberrat Andreas Stein, dem Leiter der Flughafenpolizei, sprechen wolle.

21

Sonnabend, 11. März, 10:15 Uhr

Hauptkommissar Lutz Waski hatte Heinz Wohlfeld von der Kriminaltechnik der Regionalen Kriminalinspektion (RKI) abgeholt.

Nun standen beide Fahrzeuge, der Kombi der *Spus*i und der Opel-Insignia von Lutz, in Eppertshausen vor dem Haus in der Görlitzer-Straße. Lutz hatte Ilses Schlüsselbund am Donnerstag an sich genommen und öffnete die Haustür. Die Kommissare stiegen die 48 Stufen empor und standen auf dem obersten Treppenabsatz vor zwei Wohnungstüren.

Namensschilder gab es nicht, aber Lutz wusste, dass links die Wohnung von Marion war und rechts die von Ilse Schmidt. „Unser Siegel ist unversehrt," stellte HK Waski fest. Er brach es und schloss auf.

„Was suchen wir eigentlich genau?" wollte sein Kollege wissen.

Waski antwortete: „Genaugenommen suchen wir schon seit Donnerstag nach einem Motiv für den Mord an Ilse Schmidt – bisher ohne Erfolg. Vielleicht finden wir einen Anhaltspunkt, wenn wir ihre schriftlichen Unterlagen, Bankauszüge, Verträge, Postverkehr usw. durchsehen. Der Laptop der Toten ist ja schon zur Auswertung bei euch. Außerdem möchte ich die Wohnung als Ganzes auf mich wirken lassen, um besser zu verstehen, wie Ilse Schmidt gelebt hat."

Die beiden Kriminalisten sahen sich in der Wohnung um. Alles war sauber und aufgeräumt. Ilse hatte die Wohnung am Donnerstagmorgen verlassen und offensichtlich zuvor im Schlafzimmer das Bett gemacht und in der Küche das Frühstücksgeschirr in die Spülmaschine geräumt.

Heinz Wohlfeld war sehr angetan von der freien Sicht nach Süden und auch Lutz Waski fand jetzt am Tag und bei Sonne den Blick auf Münster und die Hänge des Odenwaldes faszinierend. Lutz meinte, dass die Wohnung für eine einzelne Person eigentlich ganz schön groß sei, zumal es ein weiteres, über eine Treppe erreichbares, Zimmer gab.

„Andere haben Häuser, da kann sich eine alleinstehende Prokuristin und Gesellschafterin einer gutgehenden Firma sicher eine solche Wohnung leisten", lautete die Antwort seines Kollegen.

Beide sahen sich weiter in der Wohnung um, fanden aber keinerlei schriftliche Unterlagen. Im Wohnzimmer standen ein großer Fernseher und eine Stereoanlage. Im Regal daneben waren eine ansehnliche Sammlung von CD`s, vorwiegend klassische Musik, und eine Reihe von Büchern zu sehen. In der Mitte fiel eine achtbändige Goethe-Ausgabe auf, Leinengebunden, mit Goldschnitt, die sicher mindestens hundert Jahre alt war. Daneben gab es viel moderne Literatur und zahlreiche Krimis, vor allem von deutschen Autoren.

HK Waski nahm einige Bücher in die Hand, aber weder in diesen noch dahinter war etwas zu finden.

„Lass uns nach oben gehen", sagte er zu seinem Kollegen.

Beide stiegen die kurze Wendeltreppe hoch und befanden sich in einem Dachgeschossraum, der als Arbeitszimmer eingerichtet war.

Vor einem kleinen Schreibtisch standen ein bequem aussehender Bürostuhl und auf einem Nebentisch ein Drucker mit einem Stapel Papier darunter. Ein PC war allerdings nicht vorhanden. An der linken Wand gab es ein Regal mit mehreren Ordnern und vor dem Fenster war ein kleiner Tisch mit zwei Stühlen zu sehen.

Lutz setzte sich an den Schreibtisch und öffnete beide Seitentüren. Links befanden sich mehrere Schubfächer, in denen Büromaterial, Briefumschläge usw. lagerten. Der Platz hinter der rechten Tür war zweigeteilt. Unten lagen ein Fernglas und eine Videokamera, daneben standen vier Ordner mit den Aufschriften *Finanzen 2023, Steuer 2021, Steuer 2022 und Schriftverkehr 2023*. Oben lagen zwei in Leder gebundene Dokumentenmappen. Diese wollte sich HK Waski als erstes ansehen, sagte aber zuvor: „Heinz, ich habe hier aktuelle Ordner zu Finanzen 2023 und zu Steuern 2021 und 2022. Vielleicht sollten Sie zunächst da einen Blick hineinwerfen, oder gibt es im Regal etwas Dringenderes?"

HK Wohlfeld verneinte, weil die im Regal stehenden Ordner – nach den Aufschriften zu urteilen – Unterlagen älteren Datums enthielten. Er griff sich die ihm von Lutz gereichten Unterlagen und setzte sich an den Tisch am Fenster.

Lutz schlug die erste Dokumentenmappe auf. Zuoberst lag eine Patientenverfügung, in der Ilse Schmidt für den Falle einer irreversiblen Krankheit jegliche lebenserhaltenden Maßnahmen und auch künstliche Ernährung ablehnte.

Als nächstes fand er eine Betreuungsverfügung, in der als Betreuerin Marion Wegner genannt wurde.

Als Drittes lag ein Testament in der Mappe, oben stand: *Handschriftlich verfasstes Original in RA-Kanzlei* Scheuer.

Waski rief seinen Kollegen und gemeinsam lasen sie, dass Ilse Schmidt ihr Vermögen zur Hälfte ihrer Freundin Marion Wegner vermacht hatte. 30% waren ihrem Neffen zugedacht und die restlichen 20% sollten verschiedene gemeinnützige Stiftungen erhalten, die einzeln aufgeführt waren. Ihre Anteile an der *Hessen-Trans GmbH* sollten an die Firma zurückfallen.

„Da wollen wir doch einmal sehen, wie groß das Vermögen von Ilse Schmidt ist", sage Heinz Wohlfeld und griff nach dem Ordner *Finanzen 2023*. Hierin fanden die Kommissare wohlgeordnet Unterlagen der Sparkasse Dieburg und der Volksbank Dreieich. Bei der Sparkasse hatte die Tote ein Giro- und ein Festgeldkonto sowie ein Depot mit Fondsanteilen und Aktien. Bei der Volksbank hatte sie ebenfalls ein Giro- und ein Festgeldkonto und außerdem besaß sie Genossenschaftsanteile von 10.000 Euro.

Lutz Waski rechnete die ausgewiesenen Guthaben überschlagsmäßig zusammen und stellte nicht ohne Staunen fest: „Ilse Schmidt war sehr wohlhabend."

Als nächstes schauten die beiden Kriminalisten in den *Ordner Steuer 2022*. Dieser enthielt nur diverse Belege. Im *Steuer 2021* befanden sich die Steuererklärung für 2021 und der zugehörige Steuerbescheid des Finanzamtes sowie eine Reihe von Belegen.

Ilse Schmidt hatte ihr Gehalt von 100.000 Euro sowie die sonstigen Einnahmen offensichtlich ordnungsgemäß versteuert.

„Auf dem ersten Blick lässt sich in den Ordnern kein Motiv für den Mord erkennen, aber wir sollte sie noch uns genauer ansehen. Wir nehmen sie mit", sagte HK Waski.

Sodann schlug er die zweite Dokumentenmappe auf. Sie war mit *Egelsbach* beschriftet und enthielt einen Vertrag, durch den Ilse Schmidt lebenslanges Wohnrecht für eine Wohnung in Egelsbach eingeräumt wurde. Die Anschrift war *Spessartstraße 9*. Vertragspartner war die *Hessen-Trans GmbH*.

Die Kommissare wurden stutzig. Wieso wohnte Ilse hier, wenn sie dort über eine Wohnung verfügt? Warum hat uns Michael Grosser nichts davon erzählt? Wussten ihre Freundinnen von dieser zweiten Wohnung?

„Wenn wir hier fertig sind, müssen wir uns diese Wohnung unbedingt ansehen", meinte HK Wohlfeld. Lutz stimmte zu, schaute zuvor aber noch in die Schreibtischschublade. Hier fand er den Reisepass von Ilse Schmidt, ihren Impfpass sowie eine Brieftasche mit 1.200 Euro in Hunderter-, Fünfziger- und Zwanzigerscheinen. Außerdem lagen ein Fotoappart, ein Brillenetui mit Inhalt, ein Taschenrechner sowie ein Schlüsselbund in einer Lederhülle in der Schublade.

„Das werden die Schlüssel für die Egelsbacher Wohnung sein", mutmaßte Lutz und nahm sie an sich. Nachdem sich die beiden nochmals in allen Räumen umgesehen hatten, ohne etwas ihnen wichtig Erscheinendes zu finden, verließen sie die Wohnung. Sie schlossen ab und versiegelten die Eingangstür wieder.

Sie stiegen die Treppe hinab und klingelten an der darunter liegenden Wohnung.

Ein älterer Herr, Lutz schätzte ihn auf Mitte achtzig, öffnete und sagte: „Hallo, Kommissar Waski, was führt Sie zu mir?

Lutz staunte und fragte: „Woher kennen Sie mich denn?"

Er bekam zur Antwort: „Mein Name ist Klaus Geef und seit ich Rentner bin, schreibe ich ein bisschen. Sie waren bei einer Lesung zu einem meiner Krimis[6] und wir haben uns kurz unterhalten, aber das ist nun auch schon fünf Jahre her. Wollen sie beide nicht hereinkommen?"

Waski schüttelte den Kopf und antwortete: „Dr. Geef, ich erinnere mich. Sie sind von Haus aus Mathematiker und Krimis sind Ihr Hobby. In ihrem Buch ging es um drei Freunde, die unter mysteriösen Umständen ums Leben kamen.

Wir haben es aber mit einem echten Kriminalfall zu tun. Ilse Schmidt ist tot, sie wurde ermordet. Was können Sie uns über Ilse und über ihre Freundin Marion Wegner sagen?"

„Nur Gutes", lautete die Antwort. „Wir sind hier im Haus sechs Parteien und verstehen uns prächtig miteinander. Das Verhältnis von meiner Frau und mir zu Ilse und Marion ist, bzw. war sehr gut. Ab und zu haben wir uns gegenseitig zum Kaffee eingeladen und die beiden

---

[6] Siehe: Klaus Geef. Ende eines Kleeblattes
ISBN 978-37103-1245-4

Frauen haben auch immer gefragt, ob sie uns etwas helfen können. Sie müssen wissen, meine Frau und ich sind beide 87 und hatten vergangenes Jahr Eiserne Hochzeit, da fällt auch das Treppensteigen nicht leicht. Wenn etwas vom Keller oder aus der Tiefgarage nach oben musste, war eine von beiden stets zur Stelle. Ich hatte den Eindruck, dass die beiden Frauen eng befreundet waren. Dass Ilse tot ist, hatte sich schnell herumgesprochen und meine Frau und ich sind tief betroffen.

Vor etwa zwei Stunden habe ich Marion kondoliert. Sie ging mit einer großen Reisetasche in die Garage und meinte, dass sie zwei Tage wegfahren wolle. Sie müsse abschalten, bevor am Montag der Arbeitsstress wieder beginnen würde. Dass Marion die Schlossapotheke in Münster leitet, wissen Sie sicher. Vor etwa zwei Wochen hat sich Marion von ihren Freund Heiko Zabel getrennt, über den Grund hat sie aber nicht gesprochen. Heiko, ein netter Kerl, hatte über drei Jahre hier gewohnt und meine Frau und ich wollten schon für ein Hochzeitsgeschenk sparen, wenn Sie verstehen, was ich meine."

Lutz Waski schmunzelte, bedankte sich und meinte, dass man sich nach Abschluss des Falles gern einmal treffen könne. Dann gingen die beiden Kommissare zu ihren Fahrzeugen und fuhren nach Egelsbach.

22

Die Hauptkommissare Waski und Wohlfeld waren nach Egelsbach gefahren und hatten sich in der Spessartstraße mit Hauptkommissarin Forstmann getroffen, die telefonisch dorthin beordert worden war. Das Haus Nr. 9 war ein fünfgeschossiger Neubau, bei dem nach Lage und Anordnung der Fenster zu schließen war, dass sich im Hochparterre und den drei darüberliegenden Geschossen je zwei Wohnungen befinden. Im obersten Stockwerk gab es links und rechts eine große Terrasse und deshalb in der Mitte nur eine Wohnung.

Die Polizisten schritten zur Eingangstür und fanden sieben Klingeln. Neben der obersten stand: *Illy Smith*. „Nicht sehr originell", meinte Lutz Waski. „Aber immerhin stimmen die Initialen. Wollen wir doch einmal sehen, ob die Schlüssel aus dem Schreibtisch von Ilse Schmidt passen."

Dies war der Fall, alle drei gingen ins Haus und zum Fahrstuhl. Dieser kam nach einem entsprechenden Knopfdruck und man stieg ein.

Als man den Knopf für die 5. Etage drückte, fuhr der Aufzug aber nicht an. Es erschien lediglich auf einem kleinen Display die Schrift: *Bitte Code eingeben!*

„Da fahren wir eben bis zur vierten Etage und laufen den Rest", meinte Melanie Forstmann.

„Abwarten," wurde sie von Lutz gebremst: „Ich habe in der Schlüsseltasche einen Zettel entdeckt, auf diesem stehen vier Ziffern auf der Vorder- und sechs Ziffern auf der Rückseite. Versuchen wir einmal, ob der Code für den Fahrstuhl dabei ist."

Die vier Ziffern waren es und problemlos glitt der Lift bis in die 5. Etage und hielt vor der Wohnungstür.

HK Waski schloss auf und wollte schon als erster eintreten, wurde aber von HK Wohlfeld daran gehindert. Dieser bestand darauf, dass alle Einmalhandschuhe anzogen und Gamaschen über die Füße streiften und sagte entschuldigend: „Wer weiß, was die *Spusi* hier noch alles an Spuren sichern muss."

Schließlich konnten die drei Polizisten eintreten und befanden sich in einem, durch ein Oberlichtfenster erhellten Flur. Von diesem gingen sechs Türen ab, drei auf der linken, zwei auf der rechten Seite und eine geradeaus. Sie waren alle geschlossen. Hinter der ersten Tür links befand sich ein Gäste-WC mit einer Duschkabine. Neben Handtüchern hing hier auch ein flauschiger Bademantel. Die zweite Tür führte in ein geräumiges Badezimmer. Links war eine Duschkabine, an die sich eine große Eckbadewanne mit Whirlpool anschloss. Rechts waren

unter einer großen Spiegelfläche zwei Waschbecken angebracht und hinten sah man WC und
Bidet. Die gesamte Einrichtung wirkte erlesen.

Hinter der nächsten Tür befand sich eine moderne Küche. An der linken Wand standen eine
Kühlkombination sowie Unter- und dazu gehö-
rige Hängeschränke. Die Arbeitsplatte zog sich
herum bis unter das Fenster. Hier waren Ab-
waschbecken und Spülmaschine untergebracht.
In der Mitte des Raumes gab es einen von allen
Seiten zugänglichen Block mit Herd und
Arbeitsplatte. Darüber ein großer Abzug. Nach
rechts war die Küche zum Wohnzimmer offen.
Dieses war sparsam, aber geschmackvoll möbliert. Es gab einen Esstisch mit sechs Stühlen
und eine Gruppe von vier Sesseln um einen
kleinen Tisch. Zwei kleine, flache Schränke
standen übereck an den Wänden. Über dem
einen hing ein großer Flachbildschirm, über
dem anderen ein impressionistisches Bild, ob
echt oder eine Kopie, konnten die drei Kriminalisten nicht beurteilen. Die Nordseite des
Zimmers wurde vollständig von einer Fensterfront eingenommen. Davor war eine Terrasse,
von der aus man auch den Flugplatz gut erkennen konnte. Melanie Forstmann und ihre Kollegen verließen das Wohnzimmer durch die Tür
zum Flur und öffneten die erste Tür nunmehr
links von ihnen. Sie sahen einen kleinen, offenbar länger nicht benutzen Raum, in dem ledig-

lich ein Bett, ein Schrank, der leer war, sowie vor dem Fenster ein kleiner Tisch und ein Stuhl standen.

Melanie öffnete die nächste Tür und alle drei blieben erst einmal vor Staunen stehen. Sie sahen überall Spiegel. Links die Schränke hatten Spiegeltüren. Über dem etwa zwei mal zwei Meter großen Bett hing an der Decke ein großer Spiegel, ein weiterer hinter dem Kopfende. Rechts von der Eingangstür stand eine kleine Kommode, darüber hing ein großer Spiegel. Hinter der nach Süden gerichteten Fensterfront befand sich eine weitere Terrasse. Von hier konnte der Blick von den Hochhäusern in Kranichstein über die Veste Otzberg bis zu den Hängen des Odenwaldes schweifen.

„Das ist ja eine durchaus beeindruckende Einrichtung", stellte HK Wohlfeld fest, der mit den geübten Augen des Kriminaltechnikers auch einige Kameras ausgemacht und seine Kollegen darauf hingewiesen hatte, „Aber ich vermisse einen Monitor."

Lutz Waski nahm eine von zwei auf dem linken Nachttisch liegenden Fernbedienungen zur Hand und drückte einige Tasten. Er konnte damit die Jalousien runter- und hochfahren, verschiedene verdeckte Lampen ein und ausschalten sowie die Farben des Lichtes wechseln.

Er nahm die andere Fernbedienung, drückte die erste Taste links oben und siehe da! Die mittlere

Schranktür verschwand hinter der linken und gab den Blick auf einen großen Bildschirm frei. Mit der Fernbedienung ließen sich nun alle gängigen Fernsehprogramme einstellen. Wurde aber die Taste zum Abspielen von Aufnahmen betätigt, blieb der Bildschirm dunkel.

Lutz probierte weiter und plötzlich verschwand der Bildschirm hinter der rechten Schranktür und man sah einen Safe.

„Hier am Bund ist ein Schlüssel, mit dem könnte es gehen," hoffte Waski. Der Schlüssel passte genau in die Öffnung und ließ sich auch drehen, aber der Safe ging nicht auf. „Wir müssen zusätzlich noch die richtigen Zahlen eintippen", meinte Melanie. „Gib mir doch bitte noch einmal den Zettel von vorhin."

Man probierte es mit den vier Ziffern, die bei dem Lift funktioniert hatten – vergeblich. Auch die sechs Ziffern von der Rückseite brachten zunächst keinen Erfolg. Erst als man diese auf Anraten von Heinz Wohlfeld in umgekehrter Reihenfolge eingab, ging der Safe auf.

Er enthielt einen Umschlag mit Bargeld, ein Handy, eine Schachtel, in der etwa zwanzig USB-Sticks steckten, sowie ein Notizbuch.

Kommissarin Forstmann zählte das Geld, es waren genau zwölftausend Euro.

Kommissar Wohlfeld hatte sich das Handy vorgenommen und sagte: „Das Gerät hier läuft auf die Nummer 0161-6666666, die wir von der

Anzeige kennen. Außerdem enthält der Anruf-speicher eine Reihe von Nummern. Damit sollten sich die Anrufer identifizieren lassen."

Kommissar Waski hatte das Notizbuch durch-geblättert und verkündete: „Das hier ist ein Terminkalender, in dem an verschiedenen Tagen Uhrzeit und Abkürzungen vermerkt sind. Ich lese einmal die letzten Eintragungen vor:

4.	März,	12:00 Uhr,	C.R.	800;
3.	März;	16:00 Uhr;	H.K.	600;
25.	Februar;	20:00 Uhr;	C.R.	800;
24.	Februar;	17:00 Uhr;	L.W.	500;
18.	Februar;	20,00 Uhr;	C.R.	800;
17.	Februar	19;00 Uhr	R.S.+	1000;

Hier sind sicher *Kunden* und der Preis, den sie gezahlt haben, verzeichnet.

Weiter zurück findet man analoge Einträge, aber immer nur für das Wochenende, meist nur Freitagabend und Sonnabend.

Es fällt auf, dass die letzten Sonntage Herrn C.R. vorbehalten waren. Ich nehme jedenfalls an, dass sich hinter den Abkürzungen nur Männer verbergen. Hoffentlich führt uns die Handyauswertung zu den Klarnamen."

Heinz Wohlfeld hatte inzwischen den nunmehr leeren Safe verschlossen und den Fernseher wieder an seinen Platz gebracht. Auch hatte er sich die USB-Sticks genauer angesehen und festgestellt, dass deren Beschriftung mit den Einträgen im Terminkalender übereinstimmte.

Er nahm den Stick mit der Beschriftung C.R. 4. März und mit der Bemerkung: „Na, da wollen wir uns einmal ansehen, was hier drauf ist", steckte er diesen seitlich in den Fernseher.

Die Wiedergabe funktionierte und die Kriminalisten sahen zunächst den Titel *C.R. 4. März 2023*. Dann kamen Ilse Schmidt und ein etwa sechzigjähriger Mann ins Bild. Jeder hatte ein Glas Sekt – oder Champagner – in der Hand und sie schmusten miteinander. Dann begann Inge ihren Partner langsam zu entkleiden und dieser zog Inge ebenfalls aus. Schließlich lagen beide nackt auf dem Bett und Inge fing an, den Mann nach allen Regeln der Kunst zu verwöhnen, zunächst oral und dann im Reitersitz. Das Liebesspiel der beiden ging weiter.

„Also, jugendfrei ist das nicht, was wir hier sehen" sagte Melanie. Aber wir sollten uns fragen, zu welchem Zweck Ilse das Ganze aufgenommen hat. Nur zu ihrem Vergnügen und dem ihres Partners, oder wurde eine Erpressung beabsichtigt? Das Material wäre sicher hervorragend geeignet."

„Das ist sicher richtig", antwortete Lutz. „Wir müssen schnellstens versuchen, an die Klarnamen zu kommen. Dann befragen wir die *Kunden*, ob sie einem Erpressungsversuch ausgesetzt waren. Hier brechen wir unsere Zelte ab. Die Inhalte des Safes nehmen wir mit ins Präsidium und übergeben sie der KTU. Heinz, Sie bitte ich, das Handy auszuwerten. Es wäre wichtig, bald die Klarnamen zu kennen. Melanie, Du beteiligst dich bitte bei der Sichtung der anderen USB-Sticks. Wir sollten feststellen, ob auch andere Sachverhalte aufgenommen wurden.

Die *Soko* werde ich für 14:00 Uhr zusammenrufen. Zuvor informiere ich den Chef und komme dann in die KTU und sehe mir den Terminkalender genauer an."

Die drei Kriminalisten verließen die Wohnung, schlossen sie ab und versiegelten sie. Dann fuhren sie nach unten. „Vor dem Haus sagte Kommissar Waski noch: „Ich will einmal sehen, ob dieser komische Knopf hier an Ilses Schlüsselbund die Tiefgarage öffnet." Er drückte und das Tor der Garage, deren Einfahrt links neben dem Haus lag, ging auf,

Lutz stellte fest: „Man kann also, ohne gesehen zu werden, vom Auto aus in die Wohnung von Ilse Schmidt gelangen."

23

Sonnabend, 11. März, 14:00 Uhr

Im großen Beratungsraum des Kommissariats K10 der RKI Darmstadt waren die Mitglieder der *Doko Sauna* vollzählig versammelt. Kriminalrat Torsten Haase, der Chef des K10, hatte es sich nicht nehmen lassen, an der Beratung teilzunehmen.

Der Leiter der *Soko*, HK Lutz Waski, eröffnete die Beratung: „Liebe Kolleginnen und Kollegen, es gibt interessante Neuigkeiten. Bevor ich euch darüber informiere, wollen wir erst einmal hören, was eure Aktivitäten ergeben haben. Kommissarin Bernd war beim Steuerbüro *Carolus* in Frankfurt. Gisela, was ist dabei herausgekommen?"

Die so Angesprochene berichtete, dass Karl Schwarz, der Seniorchef der Steuer- und Wirtschaftsberatungsgesellschaft *Carolus*, sichtlich betroffen vom Tod seiner Mandantin war. Mit Ilse Schmidt hätten er und seine Mitarbeiter seit 2017 eng und vertrauensvoll zusammengearbeitet. Es habe nie größere Unstimmigkeiten gegeben. Zur finanziellen Situation von Ilse Schmidt sagte er, sie sei eine wohlhabende Frau gewesen, die ihr Geld zusammenhalten konnte. Wenn nötig, wolle er uns auch kurzfristig Einblick in ihre letzte Steuererklärung, das sei die von 2021, und den entsprechenden Bescheid des Finanzamtes gewähren. Diese Unterlagen müsse man aber erst heraussuchen und das würde einige Zeit in Anspruch nehmen. KK Bernd setzte fort: „Ob das eine Ausrede war, um Zeit zu schinden, vermag ich nicht einzuschätzen. Mit der modernen Datentechnik, über die *Carolus* sicher verfügt, müsste das doch eigentlich ruck-zuck gehen. Ich habe aber nicht nachgebohrt."

„Das wird nicht mehr nötig sein", erklärte Lutz Waski: „Wir haben die Steuerunterlagen und Bankbelege in der Wohnung von Ilse Schmidt gefunden."

Dann dankte er KK Bernd und fragte Hauptkommissarin Kerstin Dehmel, ob sie Erfolg bei der Suche nach Olaf Bauer und Fredy Storm gehabt hätte.

„Nur teilweise", lautete die Antwort: „Mit Olaf Bauer habe ich vor zwei Stunden gesprochen. Er und sein Freund sind von Dienstag bis heute mit ihren Motorrädern unterwegs gewesen, und zwar rund um den Bodensee. Übernachtet haben sie in einer Pension in Frickingen. Er nannte mir den Namen seines Freundes und hatte auch eine Rechnung der Pension. Ich habe dort angerufen und man hat mir seine Angaben bestätigt. Damit ist Olaf Bauer aus dem Schneider.

Anders sieht es mit Fredy Storm aus, der war nicht auffindbar, obwohl die Fahndung nach ihm bereits läuft."

„Hier heißt es also abwarten," sagte Lutz und fragte anschließend Kommissarin Tina Fritz, was sie über den Sohn von Erwin Schnabel herausfinden konnte.

„Der dürfte auch aus dem Schneider sein", antwortete die junge Polizistin. „Er arbeitet wie sein Vater als Buchhalter, und zwar bei einer mittelständischen Firma in Leipzig. Ich habe dort angerufen und der Chef hat ausgesagt, dass Schnabel am Donnerstag von 9:00 Uhr bis 18:00 Uhr im Büro war und am Freitag von 9:00 Uhr bis Mittag."

Auch hier bedankte sich der Leiter der *Soko* und stellte dann fest: „Bleiben noch die drei Unbekannten vom *Saunaritua*l am Donnerstag, Ralph, was haben Sie herausgefunden", forderte er KK Kleinert auf.

Dieser antwortete: „Von zwei der drei gesuchten Personen hatten wir – ich hatte noch einen Kollegen mitgenommen – Fingerabdrücke.

Beide waren aktenkundig. Der *Dritte Mann*, also der bisher unbekannte Teilnehmer am *Finnischen Ritual*, war vor zwei Jahren zu einer dreimonatigen Bewährungsstrafe wegen schwerer Körperverletzung verurteilt worden. Auch NN hatte eine Bewährungsstrafe erhalten, wegen wiederholten Ladendiebstahls.

Wir hatten also von beiden den Namen und die Adresse und haben beide befragt. Der Grund, weshalb sie sich am Donnerstag der Feststellung ihrer Personalien entzogen bzw. falsche angegeben hatten, war bei beiden der gleiche. Jeder hatte ein ordnungsgemäßes Arbeitsverhältnis, beide waren aber krankgeschrieben und trotzdem in der Sauna. Wenn das herauskommt, drohen Ärger im Betrieb und Kürzung des Krankengeldes. Wir hatten aber den Eindruck, dass keiner der beiden etwas mit dem Brand oder dem Mord an Ilse Schmidt zu tun hat. Sie stehen aber natürlich weiterhin zur Verfügung. Dass auch der dritte Unbekannte mit hoher Wahrscheinlichkeit identifiziert werden konnte, ist hauptsächlich ein Verdienst von PMA Fendt. Sie möge selbst berichten."

HK Waski sah die junge Polizeimeisteranwärterin auffordernd an.

Diese begann: „Wir, Kommissarin Hauser und ich, haben uns auftragsgemäß um Heiko, den ehemaligen Freund von Marion Wegner, gekümmert. Dazu sind wir nochmals zu Birgit Gruber gefahren und habe sie befragt. Wir dachten, sie, als Dritte in dem Trio mit Ilse Schmidt und Marion Wegner muss doch etwas von diesem Heiko wissen. So war es auch. Wir erfuhren, dass Heiko Zabel 34 Jahre alt und von Beruf Elektriker ist. Er arbeitet bei einer Dieburger Baufirma, die Daten habe ich. Er war über drei Jahre mit Marion liiert und hatte bei ihr gewohnt, bis ihn seine Freundin vor zwei Wochen rausgeworfen hat. Birgit hatte dies sehr gewundert, weil die beiden bis dahin ein Herz und eine Seele waren. Marion habe aber keinen Grund genannt und auch nicht über die Trennung sprechen wollen. Heiko würde derzeit bei seinen Eltern in Münster wohnen, die Adresse haben wir.

Ich habe mir dann Bilder zeigen lassen, auf denen Heiko zu sehen war. Mit einem davon bin ich zu Kommissar Kleinert gegangen. Wir haben das Bild von Heiko herauskopiert und in eine Reihe mit drei anderen Vergleichsbilder gelegt.

Diese vier Bilder haben wir den Zeugen gezeigt, die nach dem Aufguss eine Person vor der *Feuersauna* gesehen hatten.

Von diesen sieben Personen haben vier sofort auf Heiko gezeigt und waren sich sehr sicher, dass dies der Mann war, den sie gesehen hatten. Die drei anderen Personen meinten nur, er könne es gewesen sein, schlossen aber die anderen drei auch kategorisch aus.

Ralph und ich haben daraufhin versucht, Heiko Zabel zu erreichen. Seine Eltern haben behauptet, ihn nicht mehr gesehen zu haben, seit er am Donnerstag früh mit seinem Moped zur Arbeit gefahren ist. Er ist aber nirgends auffindbar.

Daraufhin hat Kommissar Kleinert veranlasst, dass nach Heiko Zabel gefahndet wird."

„Miriam, Evi und auch Ralph, da habt ihr sehr gute Arbeit geleistet", lobte der Leiter der *Soko* und auch der Kriminalrat nickte anerkennend.

„Nun will ich euch aber nicht länger auf die Folter spannen", ergriff Lutz Waski das Wort.

„Ilse Schmidt hat ein Doppelleben geführt!

Unter dem Namen *Illy Smith* hat sie als Edelprostituierte gearbeitet, hauptsächlich an den Wochenenden. Die Anzeige mit der *Hetäre* war tatsächlich von ihr.

Ilse Schmidt – ich bleibe bei ihrem richtigen Namen – verfügte über eine luxuriöse Wohnung in Egelsbach, wo sie ihre *Kunden* empfing. HK Wohlfeld, Melanie und ich haben uns in dieser Wohnung umgesehen und haben einige interessante Dinge gefunden.

Erstens einen Terminkalender in dem unter dem jeweiligen Datum Uhrzeiten, Initialen *der Kunden* und Summen, so zwischen 500 und 1000 Euro, vermerkt waren.

Zweitens haben wir ein Handy gefunden, das unter der in der Anzeige genannten Nummer lief. Der Telefonspeicher enthielt zu den im Kalender verzeichneten Initialen entsprechende Telefonnummern.

Drittes haben wir eine Sammlung von USB-Sticks gefunden, von denen jeder mit Datum und Initialen beschriftet war. Auf den Sticks befinden sich Aufnahmen von dem Geschehen, was sich mit Ilse und dem jeweiligen Mann abgespielt hat. Im Schlafzimmer gab es mehrere Kameras und die Aufzeichnungen sind offensichtlich auch bearbeitet worden. Also, es gibt reichlich Pornos mit Ilse als Hauptdarstellerin zu sehen.

Das ganze Material befindet sich gegenwärtig in unserer KTU. Von acht Kunden konnten inzwischen über die Telefonnummern die Namen und Adressen ermittelt werden.

Besonders interessant war ein USB-Stick mit der Aufschrift 17.2.23, R.S. + M.

Das *+M* hatte uns stutzig gemacht und wir haben ihn abgespielt. Wir sahen, wie ein etwa fünfzigjähriger Herr von **zwei** Damen nach allen Regeln der Kunst *verwöhnt* wurde.

Und nun Überraschung: Die zweite Dame beim Liebesspiel war ganz eindeutig Marion Wegner!

Bei R.S. handelt es sich um einen Regierungsoberinspektor (ROI) im Regierungspräsidium Darmstadt. Er ist verheiratet und hat zwei Kinder im Alter von 13 und 11 Jahren.

Nun ist der Besuch einer Prostituierten allein kein Straftatbestand – manche sagen vielleicht, leider – aber die USB-Sticks bieten reichlich Material für Erpressungen. Da dies als Motiv für den Mord nicht auszuschließen ist, müssen alle *Kunden* befragt werden, ob sie erpresst wurden.

Diese Arbeit müssen wir uns aufteilen.

Außerdem halte ich es für erforderlich, nach Marion Wegner zu fahnden. Sie war ebenfalls in der Egelsbacher Wohnung und hat von Ilses *Nebentätigkeit* gewusst. In mindestens einem Fall war sie selbst aktiv beteiligt. Sie hat aber nichts davon verlauten lassen, obwohl sie aufgefordert worden war, uns ihr Wissen über die Tote mitzuteilen. Wir können mit der Befragung von Marion Wegner nicht warten, bis sie – vielleicht – morgen Abend von ihrem Kurzurlaub zurückkommt."

Kriminalrat Torsten Hasse stimmte zu und sagte dann: Liebe Kolleginnen und Kollegen, ich muss nicht extra darauf hinweisen, dass in dieser ganzen Geschichte erhebliche Brisanz steckt. Wenn die Presse Wind davon bekommt, dass ein hoher Beamter in einen Mordfall verwickelt sein könnte, ist ein Skandal unausweichlich. Von den anderen Videos ganz zu schweigen.

Ich verweise deshalb ausdrücklich auf die absolute Vertraulichkeit aller Informationen.

Die Einteilung, wer welche der anderen Personen befragt, wird der Leiter der Soko vornehmen. Es sollen immer zwei von uns gehen,

wobei bei den Befragungen taktvoll vorzuge-
hen ist.
Die Befragung von Regierungsoberinspektor
R.S. führe ich selbst durch."

HK Waski übernahm die Zusammenstellung
der noch benötigten sieben Teams und erklärte:
„Ich selbst möchte zusammen mit Melanie
nochmals den Geschäftsführer von *Hessen-
Trans* befragen. Michael Grosser hat uns bisher
verschwiegen, dass Ilse Schmidt vertraglich
lebenslanges Wohnrecht für die Egelsbacher
Wohnung, die der Firma gehört, zugesichert
wurde. Im entsprechen Vertrag wurde ihr auch
Vorkaufsrecht für den Fall eines Besitzerwech-
sels eingeräumt. Auch kann ich mir nicht vorstellen, dass er von der *Nebentätigkeit* seiner
Prokuristin keine Ahnung hatte. Da er uns
wichtige Fakten in einem Mordfall verschwiegen hat, dürfte Herr Grosser in erhebliche
Erklärungsnöte geraten."

HK Lutz Waski terminierte die nächste Zusam-
menkunft der Soko auf 18:00 Uhr und beendete
die Beratung.

24

Sonnabend, 11. März, 16:00 Uhr

Am kleinen runden Tisch im Arbeitszimmer des Leiters der Kriminalinspektion K10 saßen sich Kriminalrat Torsten Haase und sein Gast, Regierungsoberinspektor Renè S., gegenüber.
Dieser war sofort gekommen, als er vom Kriminalrat angerufen worden war und erfuhr, dass es um Illy Smith ging.
Renè S. war ein gutaussehender Mann, etwa fünfzig Jahre alt, schlank und 1,80 m groß. Er hatte volles, graumeliertes Haar und trug einen teuer aussehenden grauen Anzug, dazu ein weißes Hemd und eine passende Krawatte
Der Oberinspektor wirkte sehr selbstsicher, nahezu arrogant, und sah sein Gegenüber erwartungsvoll an.

Torsten Haase eröffnete das Gespräch: „Da Sie Illy Smith – in Wirklichkeit hieß sie Ilse Schmidt – sehr gut gekannt haben, muss ich um Auskunft bitten über ihre Beziehung zu dieser Frau. Bevor Sie Fragen stellen, werfen Sie einmal einen Blick auf mein Notebook."
Dort war zu sehen, wie Renè S. von Ilse Schmidt in ihrer Egelsbacher Wohnung zärtlich begrüßt wurde und man hörte Ilse sagen: *Renè, heute habe ich eine Überraschung für dich. Darf ich dir meine Freundin Mary vorstellen*

(Marion Wegner kam ins Bild) *und wir können uns gleich zu dritt amüsieren.*

KR Haase schaltete den Laptop aus und setzte seine Rede fort: „Was nun kommt – Sie kennen es vielleicht – ist bei einem Pornofilmwettbewerb durchaus preisverdächtig. Verstehen Sie mich nicht falsch, wir sind keine moralische Instanz, sondern die Polizei. Als solche müssen wir den Mord an Ilse Schmidt aufklären. Da gilt es, alle Personen zu befragen, die in Beziehung zu der Toten standen. Dass Sie zu diesem Personenkreis gehören, ist durch das vorliegende Material bewiesen. Wenn dieses Ihrer Frau oder Ihrem Vorgesetzten zugespielt wird, oder gar an die Öffentlichkeit gelangt, dürfte das erhebliche Konsequenzen für Sie haben. Deshalb gehören Sie auch zu den Tatverdächtigen im Mordfall Schmidt. Abgesehen davon eignen sich die Aufzeichnungen für eine Erpressung. Deshalb meine Frage: Wurden oder werden Sie erpresst?"

Der Oberinspektor hatte im Verlauf der Rede des Kriminalrates seine anfangs zur Schau getragene Überheblichkeit zusehends eingebüßt und antwortete ziemlich kleinlaut: „Ja, auch deshalb bin ich hier. Ich habe schon seit gestern mit mir gerungen, ob ich die Polizei einschalten soll. Aber lassen Sie mich bitte das Ganze der Reihe nach erklären."

Er erzählte dann, dass er vor einem reichlichen Jahr auf Illy Smith von einem Kollegen aufmerksam gemacht worden war. Dieser hatte im Internet eine Anzeige gefunden, mit der eine junge *Hetäre* ihre Dienste anbot. Der Kollege hatte Kontakt aufgenommen und war vom Zusammensein mit der Dame begeistert.

„Daraufhin habe auch ich die in der Anzeige genannte Handynummer angerufen", redete Renè S. weiter. „Es meldete sich ein Anrufbeantworter und ich wurde aufgefordert, meinen Namen und eine Telefonnummer anzugeben. Man würde zurückrufen. Am nächsten Tag kam der Rückruf, offensichtlich hatte sich Illy inzwischen über mich informiert, was sie mir später auch bestätigt hat. Kurz und gut, ich erhielt die Adresse Spessartstraße 9 in Egelsbach und zwei vierstellige Zahlen. Mit dem ersten Code ließ sich die Tiefgarage öffnen, mit dem zweiten konnte ich mit dem Lift bis in die 5. Etage fahren. Die Wohnung, in die ich dann gelangte, hat mich schwer beeindruckt, die Frau, die mich empfing, nicht minder. Wir haben geplaudert und etwas getrunken. Dann ging es zur Sache und ohne Übertreibung: Ich erlebte den bis dahin besten Sex meines Lebens.

Das war, wie gesagt, vor über einem Jahr. In der Zwischenzeit war ich etwa alle vier Wochen bei Illy in Egelsbach und es war jedes Mal überwältigend. Ich wurde der Frau regelrecht sexuell hörig, wenn Sie verstehen, was ich meine."

„Verstehen kann und muss ich das ja nicht", entgegnete der Kriminalrat. „Sie sind ein gestandener, hoch intelligenter Mann, der wissen muss, was er tut und was seine Ehe aushält. Aber wir sind – wie ich schon sagte – nicht dazu da, um über moralisches Verhalten zu urteilen. Wir sind Kriminalisten und halten uns an Fakten. Was ist nun mit der Erpressung?"

Renè S. berichtete weiter: „Das Video, von dem Sie vorhin den Anfang gezeigt haben, wurde am 17. Februar aufgenommen. Nach der ersten Runde haben wir drei es uns angesehen und dabei ein paar Happen gegessen und viel getrunken. Die Bilder, die dabei liefen, haben uns, vor allem mich, in hohem Maße erregt und es ging dann noch einmal voll zur Sache. Dabei haben wir zwischendurch immer wieder Champagner getrunken. Am Ende war ich jedenfalls völlig fertig und bin mit einem Taxi heimgefahren.
Eine Woche später erhielt ich einen Anruf.
Eine Männerstimme erklärte, dass man im Besitz eines Videos vom 17.2. sei und dies meiner Frau, und meinem Chef zukommen lassen und es auch ins Internet stellen würde, falls ich nicht innerhalb der nächsten zwei Tage eine Summe von zwanzigtausend Euro zahlen

würde. Einzelheiten wolle man mir noch mitteilen.

Daraufhin habe ich Illy angerufen. Ich hatte nur wieder den AB erreicht, aber um dringenden Rückruf gebeten. Wenig später hat Illy zurückgerufen. Ich habe ihr das Ganze geschildert und gefragt, ob sie mit meiner Entlohnung unzufrieden sei. Sie hatte, ohne es direkt zu fordern, von mir bei jedem Besuch 1.000 Euro erhalten. Illy war empört und sagte, Erpressung wäre nicht ihr Stil. Sie wolle der Sache nachgehen und ich solle mir keine Gedanken machen. Ich habe dann auch weiter nichts gehört – bis gestern. Am Mittag meldete sich die gleiche Männerstimme wieder und sagte: *Ilse ist nun tot aber das Video lebt! Wenn du bis morgen die zwanzigtausend Euro nicht bezahlst, passiert das Angedrohte!*
Das passiert auch, wenn du zur Polizei gehst!

Heute früh hat sich der Anrufer wieder gemeldet und gesagt, er wolle das Geld heute pünktlich 18:30 Uhr, das **Wie** würde ich noch erfahren."

„Gut, dass Sie uns informiert haben," sagte der Kriminalrat. „Erpresser geben sich erfahrungsgemäß nicht mit einer Zahlung zufrieden, wenn sie Erfolg hatten. Für uns wird aber jetzt die Zeit knapp, wenn wir Ihren Erpresser bei der Geldübergabe schnappen wollen. Sind Sie mit ihrem Ihr Auto hier und haben Sie das Geld dabei?"

Oberinspektor Renè S. bejahte beides.

„Dann schalten wir jetzt unsere Kriminaltechnik ein", erklärte Torsten Haase.

„Die Kollegen werden ihr Handy präparieren, so dass wir es jederzeit orten und die Gespräche mithören können. Auch ihr Auto und das Geld werden entsprechend vorbereitet. Ich lasse Sie jetzt zu unserer KTU bringen, mit deren Leiter werde ich gleich telefonieren."

Der Kriminalrat ließ einen der diensthabenden Polizisten kommen und bat diesen, Renè S. zur KTU zu bringen.

Dann rief er Hauptkommissar Daniel Goebel an, der mit seinen Kollegen noch mit der Auswertung der Handys und des Laptops von Ilse Schmidt beschäftigt war, und informierte ihn über den Erpressungsfall. Abschließend sagte er: „Daniel, wenn sich der Erpresser meldet, informieren Sie mich bitte, ich werde unterdessen die notwendigen Mannschaften zusammenrufen."

25

Sonnabend, 11. März, 15:30 Uhr

Lutz Waski und Melanie Forstmann waren nach
Eppertshausen gefahren und hatten zunächst
bei Lutz zuhause eine Pause eingelegt. Von
Steffi Waski wurden beide begrüßt und bekamen einen Kaffee serviert. Die Kinder hatten
ihren Papa umarmt und mit Tante Melanie
geschäkert. Sein Schwiegervater hatte soeben
Sky eingeschaltet, um die aktuellen Bundes-
ligaspiele, insbesondere das Duell Eintracht
Frankfurt gegen den VfB Stuttgart, zu verfolgen.

Lange hielten sich die beiden Kommissare aber
nicht auf und fuhren zu dem im Ortsteil Failisch
gelegenen Einfamilienhaus der Familie Grosser, wo sie schon erwartet wurden.

„Ich muss mit Ihnen sprechen", wandte sich HK
Waski an den Hausherren. „Meine Kollegin
möchte sich mit Ihrer Frau unterhalten."

„Kein Problem", lautete die Antwort, „Die beiden Frauen können ins Wohnzimmer gehen und
wir beide nutzen mein Arbeitszimmer. Die Kinder sind oben und sehen fern."

Das Arbeitszimmer war zweckmäßig eingerichtet. Es gab einen großen dreitürigen
Bücherschrank, bei dem die mittlere Tür aus
Glas war und den Blick auf viele Bücher frei-
gab. Ganz oben stand eine Gesamtausgabe der

Werke von Erich Kästner, darunter Romane von Balzac, Maupassant und Zola. In einer weiteren Reihe war das zwanzigbändige dtv-Lexikon untergebracht und das Ganze wurde durch klassische und moderne Literatur vervollständig.

Ein zum Bücherschrank passender Schreibtisch, der sehr aufgeräumt wirkte, stand am Fenster. In einer der Ecken gab es einen kleinen Tisch mit drei, sehr bequem aussehenden Stühlen. Dort nahmen die beiden Männer Platz.

Das Angebot, etwas zu trinken, hatte Lutz Waski abgelehnt und kam gleich zur Sache: „Herr Grosser, wir haben festgestellt, dass Ihre Prokuristin neben ihrer Wohnung hier in Eppertshausen auch noch eine in Egelsbach hatte. Diese gehört Ihrer Firma und es gibt einen Vertrag zwischen *Hessen-Trans GmbH* und Ilse Schmidt. Danach hatte sie lebenslanges Wohnrecht und ein Vorkaufsrecht im Falle eines Eigentümerwechsels. Wieso haben Sie mir das verschwiegen, als ich Sie ausdrücklich aufgefordert hatte, mir alles über Frau Schmidt zu berichten?"

Ziemlich kleinlaut erklärte Michael Grosser: „Ich dachte, diese Wohnung könne mit dem Tod von Ilse nichts zu tun haben. Der Neubau in Egelsbach war 2016 bezugsfertig. Es gibt dort neun Eigentumswohnungen. Die beiden im 4. Stock und die in der 5. Etage gehören unserer

Firma. Mein Vater hatte sie gekauft und die obere für Ilse eingerichtet. Ich denke, wenn er sie geheiratet hätte, was seine Absicht war, wäre die Wohnung sein Hochzeitsgeschenk gewesen.

Die beiden Wohnungen in der vierten Etage hatten wir möbliert und anfangs genutzt, wenn Geschäftspartner oder Freunde unterzubringen waren. Bedingt durch die schwierig gewordene wirtschaftliche Situation haben wir sie jetzt aber vermietet."

„Kennen Sie Ilses Wohnung. Wussten Sie, welcher *Nebentätigkeit* ihre Assistentin dort nachging?" lauteten die nächsten Fragen.

Die Antwort war kurz: „Ich war zwei- dreimal in dieser Wohnung und habe die moderne, gediegene Einrichtung bewundert. Von einer Nebentätigkeit weiß ich nichts."

„Na, da schauen Sie sich einmal die im Internet zu findende Anzeige an", sagte der Kommissar und rief auf seinem Smartphone die bekannte Anzeige auf:

Du willst etwas Besonders?
Eine junge HETÄRE erwartet Dich.
Rufe 0161-6666666 an!

Er redete weiter: „Diese junge Hetäre war Ilse Schmidt. In ihrer Egelsbacher Wohnung hat sie diverse Herrenbesuche empfangen und für ihre *Dienstleistungen* ganz schön kassiert. Wir haben zahlreiche Videoaufnahmen gefunden, die in ihrem reichlich verspiegelten Schlafzimmer entstanden sind."

Michael Grosser schien echt verblüfft und sagte: „Das kann ich mir überhaupt nicht vorstellen. Im Betrieb, im Umgang mit Mitarbeitern und Kunden war Ilse zwar immer freundlich, aber stets absolut korrekt. Dass sie ein Doppelleben geführt haben soll, will mir nicht in den Kopf. In dem Schlafzimmer bin ich übrigens nie gewesen."

Lutz Waski hakte nach: „Herr Grosser, Sie haben mir Ilse Schmidt als absolut kompetente Mitarbeiterin und zugleich als aufgeschlossene, äußerst attraktive Frau geschildert. War zwischen Ihnen wirklich niemals mehr als das normale Verhältnis eines Geschäftsführers zu seiner Assistentin?"

Nach einigem Zögern kam die Antwort: „Ilse und ich, wir haben uns gegenseitig sehr geschätzt und auch gemocht. Beide wussten wir aber genau wo die Grenze zu ziehen war."

Der Kommissar hatte das Zögern bemerkt und sah Michael Grosser fragend an.

Daraufhin sagte der: „Es gab eine einzige Ausnahme. Vor zweieinhalb Wochen am 21. Februar, das war der Faschingsdienstag, haben wir uns mit zwei holländischen Spediteuren in einem Nobelhotel in der Nähe von Groningen getroffen. Die Beratung bei einem Arbeitsessen verlief überaus erfolgreich. Wir blieben dann alle noch sitzen und es wurde ein feuchtfröhlicher Faschingsabend. Da weder Ilse noch ich anschließend mit dem Auto heimfahren wollten – und auch wohl nicht konnten – haben wir Hotelzimmer genommen. Natürlich zwei Einzelzimmer. Aber wir haben nur eines davon genutzt. Für mich war der Sex mit Ilse einfach umwerfend.

Beim Frühstück haben wir beide uns aber geschworen, dass das Ganze eine einmalige Sache war und sich keinesfalls wiederholen dürfe.

Meine Frau hat am nächsten Tag aber etwas gemerkt, ich weiß nicht wieso, und hat mich zur Rede gestellt. Da habe ich alles gebeichtet.

Sie hat verlangt, dass ich Ilse sofort aus der Firma entferne. Das ging aber aus zwei Gründen nicht. Erstens war Ilse für den laufenden Betrieb unentbehrlich und ich weiß noch immer nicht, wie es jetzt weitergehen soll.

Zweitens war Ilse Anteilseignerin.

Ich habe dann meiner Frau geschworen, dass sich die Beziehungen zwischen Inge und mir ausschließlich auf die Arbeit beschränken werden. Damit dachte ich, meine Ehe gerettet zu haben."

26

Sonnabend, 11. März, 15: Uhr

Hauptkommissarin Melanie Forstmann war von der Hausfrau in das Wohnzimmer geführt worden. Dieses war mit modernen Möbeln eingerichtet. Es gab einen länglichen Tisch mit sechs Stühlen, einen flachen Schrank, auf dem ein großer Fernseher stand, und eine gemütliche Sitzecke, bestehend aus Couch und zwei Sesseln mit einem kleinen Glastisch davor. Die lange Fensterfront gab den Blick frei auf eine Terrasse und den dahinter liegenden gepflegten Garten.

Die beiden Frauen hatten in der Sitzecke Platz genommen, nachdem zuvor Frau Grosser Kaffee oder ein anderes Getränk angeboten hatte, was von Melanie Forstmann aber abgelehnt worden war.

Diese begann: „Frau Grosser, Sie wissen, dass Ilse Schmidt tot ist, wir müssen annehmen, dass sie ermordet wurde. Wie war denn Ihr Verhältnis zur Assistentin Ihres Mannes?"

Die Antwort verblüffte die Kommissarin, die Einiges gewohnt war, aber doch:

„Ich weine dieser Hexe keine Träne nach!

Ich weiß, man soll über Tote nichts Schlechtes sagen, aber Frauen wie diese hat man im Mittelalter auf dem Scheiterhaufen verbrannt.

Ilse Schmidt kam 2011 zu uns in die Firma. Sie war eine ausgesprochen attraktive Frau, die sich ihrer Schönheit voll bewusst war. Dazu war sie fachlich sehr gut und durchsetzungsstark. Sie war kein bisschen überheblich und vermochte mit ihrer freundlichen, aufgeschlossenen Art, die Menschen schnell für sich einzunehmen. Selbst bei Frau Oswald, unserer langjährigen Chefsekretärin, die ihr anfangs sehr skeptisch gegenüberstand, ist ihr das gelungen. Die Schmidt konnte die Personen, bei denen sie sich etwas davon versprach, um den Finger wickeln. Besonders gut ist ihr das bei Männern gelungen. Dabei ist sie sehr subtil vorgegangen, zu allen immer nett und freundlich. Aber sie wusste genau, was sie wollte, und hat die eigenen Interessen beharrlich und zielstrebig verfolgt. So hat sie sich an meinen Schwiegervater herangemacht und hatte bei dem Witwer leichtes Spiel. Dann hat sie dessen Cousin aus der Firma gedrängt und 20% seiner Anteile übernommen. Auch unser langjähriger Buchhalter war ihr im Weg und musste gehen. Schließlich hatte sie Gisbert zu Tode geliebt. Dann hat sie meinen Mann umgarnt und ihn endlich vor zwei Wochen auch ins Bett gekriegt. Damit war sie ihrem Ziel, Chefin von *Hessen-Trans* zu werden, wieder ein Stück nähergekommen.

Aber da hatte sie sich verrechnet. Ich habe diese Frau von Anfang an durchschaut und hinter ihrem freundlichen Getue das wahre, egoistische und berechnende Gesicht erkannt.

Ich habe meinen Mann gewarnt und verlangt, dass er alles tun müsse, um diese Person aus der Firma zu entfernen. Das hat sich ja jetzt gottseidank erledigt."

Hauptkommissarin Forstmann, die diese Rede mit Verwunderung zur Kenntnis genommen hatte und froh war, alles aufgezeichnet zu haben, sah Frau Grosser ins Gesicht und sagte: „Sie verstehen sicher, dass ich nach allem, was ich eben gehört habe, fragen muss: Frau Grosser, haben Sie etwas mit dem Tod von Ilse Schmidt zu tun? Haben Sie vielleicht jemanden beauftragt, die ihnen gefährlich erscheinende Person zu beseitigen?"

Entrüstet wies Frau Grosser jegliche Beteiligung am Tod von Ilse Schmidt von sich.

Sie mache zwar kein Hehl daraus, dass ihr dieser sehr gelegen kommt, betrachtete ihn aber als eine glückliche Fügung des Schicksals.

Es war dann fast 17:00 Uhr als sich die beiden Kriminalisten von der Familie Grosser verabschiedeten und ins Auto stiegen und zurück ins Präsidium fuhren.

Melanie, die am Steuer saß, sagte zu ihrem Chef, „Hör dir doch bitte einmal die Aufzeichnung meines Gesprächs mit Frau Grosser an. Das ist sehr aufschlussreich."

172

27

Alle Mitglieder der Soko Sauna hatten sich pünktlich im großen Beratungsraum des Kommissariats K10 eingefunden.

Der Leiter, HK Lutz Waski, war nach einer kurzen Begrüßung eben dabei, über die Ergebnisse der Befragungen von Michael Grosser und seiner Frau zu berichten, als Kriminalrat Torsten Haase den Raum betrat.

Er sagte: „Entschuldigen Sie, Lutz, dass ich mich in die Arbeit Ihrer *Soko* einmische, aber es gibt einige wichtige Dinge.

Vor zwei Stunden war Regierungsoberinspektor Renè S. bei mir. Er hat zugegeben, dass er mehrfach in der Egelsbacher Wohnung von Ilse Schmidt war und dort ihre *Dienstleistungen* in Anspruch genommen hat. Zuletzt war auch die Freundin Marion Wegner beteiligt. Die dabei gemachten Aufnahmen sind auf einem der USB-Sticks aus der Wohnung von Ilse Schmidt zu sehen.

Das Ganze ist an und für sich keine Sache für die Polizei und ich habe Herrn S. auch zu verstehen gegeben, dass wir keine moralische Instanz, sondern die Kriminalpolizei sind.

Durch folgenden Fakt wird es aber nun doch ein Fall für uns: Renè S. wird erpresst!

Renè S. hat berichtet, dass die genannten Aufnahmen am 17.2. entstanden sind. Eine Woche
später hat er einen Erpresseranruf erhalten, Der
Anrufer, es war eindeutig ein Mann, erklärte,
dass man im Besitz eines Videos vom 17.2. sei
und dies seiner Frau, und seinem Chef zukommen lassen und es auch ins Internet stellen
würde, falls er nicht innerhalb der nächsten
zwei Tage zwanzigtausend Euro zahlen würde.
Interessant ist noch folgendes: Renè S. hat
sofort Ilse Schmidt, die er nur als Illy Smith
kannte, angerufen und den Erpressungsversuch
geschildert. Illy sei empört gewesen und habe
gesagt, sie wolle die Sache regeln, er solle sich
keine Sorgen machen.

Dann hatte Renè S. auch weiter nichts von dieser unschönen Geschichte gehört – bis gestern.
Da gab es einen erneuten Anruf. Der Erpresser
habe gesagt: *Ilse ist nun tot aber das Video lebt!*
Wenn du bis morgen die zwanzigtausend Euro
nicht bezahlst, passiert das Angedrohte!
Das passiert auch, wenn du zur Polizei gehst.

Heute früh hat man dann Renè S. aufgefordert,
die 20.000 Euro pünktlich um 18:30 Uhr zu
zahlen. Das *Wie* würde man ihm noch mitteilen.
Diese Mitteilung kam heute um 17:00 Uhr auf
dem Smartphone von Renè S. Da unsere Kriminaltechniker nicht untätig waren, konnten wir
den Anruf mithören und aufzeichnen. Ich spiele
ihn einmal vor:

Man hörte eine verzerrte Männerstimme, die folgenden Text sprach: *Wir hoffen, du hast das Geld. Lege es in einen Stoffbeutel und diesen in den Kofferraum deines Mercedes mit dem Kennzeichen DA RS 333. Fahre zur Autobahnraststätte Gräfenhausen-Ost und stelle das Auto an der Rückseite der Gaststätte ab. Lege die Fahrzeugpapiere hinter die Sonnenblende. Lass den Schlüssel stecken, steige aus und gehe in die Gaststätte. Keine Angst, wenn wir das Geld haben, erfährst du, wo du dein Auto wiederfindest.*
Aber bedenke: Es gibt nur diese eine Chance für dich. Wenn du sie verpasst oder die Polizei einschaltest, machen wir unsere Drohung wahr!

Kriminalrat Haase nahm wieder das Wort: „In diesen Minuten dürfte Renè S. mit seinem Mercedes an der Raststätte Gräfenhausen-Ost angekommen sein. Er wird sich genau an die Anweisungen des Erpressers halten. Sein Auto haben wir natürlich präpariert und können jederzeit unabhängig von der serienmäßig vorhandenen GPS-Ortung feststellen, wo es sich befindet. Das Geld kann davon unabhängig geortet werden. Hier war die Forderung, einen Stoffbeutel zu verwenden, hilfreich. So konnten die Minisender eingenäht werden und sind nur schwer zu finden.

Natürlich sind unsere Leute vor Ort. Sie sollen aber auf keinen Fall eingreifen. In dem Erpresseranruf war mehrfach von *WIR* die Rede, es gibt daher mehr als einen Täter. Es gilt also abzuwarten, wohin der Mercedes gefahren wird. Ich denke aber, ich weiß es."

Lutz Waski und die anderen Mitglieder der *Soko* sahen den Chef erstaunt an.

Dieser bemerkte die Blicke und sagte schmunzelnd: „Vor drei Stunden hat mich der Leiter der Flughafenpolizei, Polizeioberrat Andreas Stein, angerufen. Marion Wegner und Heiko Zabel haben den Flug TG 923 der THAI-AIR von Frankfurt nach Bangkok gebucht und sind bereits im Besitz der Bordkarten. Das Flugzeug soll 20:55 Uhr starten. Ich nehme an, Heiko Zabel nimmt das Geld in Gräfenhausen in Empfang und fährt damit schnurstracks zum Flughafen. In dreißig Minuten wissen wir, ob ich recht habe. Die Leute der Flughafenpolizei sind selbstverständlich auch im Bil.

Melanie und Lutz", wandte er sich an seine beiden Hauptkommissare, „ihr fahrt anschließend zum Airport und fragt die beiden Hübschen, wohin denn die Reise gehen soll.

Für die Festnahme reicht die Erpressung natürlich aus. Inwieweit beide mit dem Brand in der Sauna und dem Tod von Ilse Schmidt zu tun haben, wird sich herausstellen.

Eure Berichte von den Gesprächen mit dem Ehepaar Grosser werden wir lesen.

Gibt es von den Befragungen mit den anderen Darstellern auf den Video-Sticks irgendetwas, was dringend bearbeitet werden muss?" wandte sich Torsten Haase an die übrigen Mitglieder der Soko.

Er erntete allgemeines Kopfschütteln und meinte daraufhin: „Wenn die Berichte fertig sind und diese zur gegenseitigen Information gelesen wurden, kann für heute die Arbeit als beendet gelten. Wir treffen uns am Montag 8:00 Uhr wieder hier. Melanie und Lutz bitte ich, noch kurz mit mir in mein Zimmer zu kommen."

Es kam zum allgemeinen Aufbruch und mit guten Wünschen für den freien Sonntag ging man auseinander.

Im Zimmer von Torsten Haase hatten alle drei an dem kleinen Tisch Platz genommen und der Kriminalrat sagte: „Ich bin mit eurer bisherigen Arbeit sehr zufrieden. Dass ich mich so unmittelbar eingeschaltet habe, ist sonst nicht meine Art. Aber die Erpressungsgeschichte hat ja eine ganz eigene Dynamik entwickelt und ihr seid noch bei der Familie Grosser gewesen.

Ab jetzt haben Sie, Lutz, wieder das Kommando. Ich empfehle, bei den beiden Festzunehmenden heute auf lange Verhöre zu verzichten, es sei denn, sie wollen von selbst auspacken. Ich meine, wir sollten sie vorerst im Polizeigewahrsam behalten und Morgenabend mit den Verhören beginnen. Wenn wir sie heute festnehmen, müssen bis morgen 24:00 Uhr einem Haftrichter vorgeführt oder freigelassen werden. Letzteres halte aber nur für eine theoretische Überlegung.

Wir beginnen die Vernehmungen morgen 18:00 Uhr

Ich wünsche euch nachher viel Erfolg und anschließend ein paar erholsame Stunden am Sonntag."

Damit waren Melanie und Lutz entlassen.

28

Sonnabend, 11. März, 18:30 Uhr

Es war genau 18:25 Uhr, als Oberregierungsinspektor Renè S. die Autobahnraststätte Gräfenhausen-Ost erreichte und seinen Mercedes an der *Serways-Gaststätte* abstellte.

Auf dem Parkplatz standen bereits sechs Autos, darunter ein silberfarbener Audi, in dem HK Norbert Prasse saß, sowie ein blauer Passat-Kombi mit zwei weiteren Mitarbeitern des K10. Ein drittes Fahrzeug der Kriminalisten, ein weinroter Opel Astra mit HK Kurt Kunze am Steuer, stand an der Ausfahrt von den Parkplätzen auf die A 5. Vor ihm stand ein Fahrzeug der Autobahnpolizei und man musste den Eindruck gewinnen, dass der Opel gerade kontrolliert wird.

Renè S. sah auf die Uhr und genau um halb sieben stieg er aus und ging in die Gaststätte. Zuvor hatte er weisungsgemäß die Fahrzeugpapiere hinter die Sonnenblende geklemmt und den Schlüssel stecken lassen.

Im Restaurant warteten eine junge Polizistin und ihr nicht viel älterer Kollege von der Regionalen Kriminalinspektion (RKI) Darmstadt in Zivil und als Liebenspaar getarnt schon ab 17:30 Uhr. Sie sahen, wie Heiko Zabel, den sie anhand der von PMA Fendt beschafften Bilder eindeutig identifizieren konnten, um 18:00 Uhr hereinkam, sich an der Theke einen Kaffee holte und ans Fenster setzte.

Als der Mercedes von Renè S. auf dem Parkplatz hielt, stand er auf und ging zu dem Zeitungsständer neben der Eingangstür.

Renè S. betrat die Gaststätte und im gleichen Augenblick ging Heiko Zabel hinaus.

Über Funk wurden HK Prasse und die anderen Mitarbeiter des K10 informiert. Sie sahen, wie Heiko Zabel zum Mercedes ging. Er schaute kurz in den Kofferraum und stellte fest, dass der Beutel mit dem Geld da war. Dann starte er das Auto und fuhr zügig an, der Audi und der Passat folgten in gebührendem Abstand.

Vor der Ausfahrt auf die A 5 wurde der Mercedes von der Autobahnpolizei gestoppt.

Ein weinroter Opel fuhr nach überstandener Kontrolle soeben an.

Heiko Zabel rutschte das Herz in die Hose und er war etwas erleichtert, als ihm der kontrollierende Polizist nur bedeutete, er solle das Fenster herunterlassen und den Motor abstellen. „Allgemeine Fahrzeugkontrolle, bitte zeigen Sie Ihren Führerschein und die Fahrzeugpapiere", lautete die Aufforderung des Polizisten.

Der Fahrer kam dieser umgehend nach und der Polizist las fragend: „Heiko Zabel, geboren 27.11.1987, wohnhaft in Eppertshausen?"
Der Gefragte bejahte
„Haben Sie Alkohol getrunken?
Der Gefragte verneinte.

Der Polizist gab die Papiere zurück und sagte: „Ich wünsche eine gute Weiterfahrt."

Erleichtert fuhr Heiko Zabel los und hoffte, sein Ziel, den Rhein-Main-Flughafen pünktlich zu erreichen. Dass er unterwegs den weinroten Opel überholte, bemerkte er genauso wenig, wie den Audi und den Passat, die ihm, sich gegenseitig überholend, folgten.
Am Flughafen fuhr er den Mercedes in das Parkhaus am Terminal 1 und stellte das Fahrzeug ab. Aus dem Kofferraum nahm er den Stoffbeutel und begab sich zügig zur Abflughalle des Terminals 1.

HK Norbert Prasse hatte inzwischen seinen Audi neben dem Mercedes von Renè S. geparkt und war Heiko Zabel gefolgt,

29

Sonnabend, 11. März, 18:30 Uhr

Am Flughafen Frankfurt herrschte wie an jedem Sonnabend nach dem Ende der Corona-Krise reger Betrieb. Für die Zeit zwischen 18:00 Uhr und 21:00 Uhr waren mehr als achtzig Abflüge geplant, darunter der Flug nach Thailand. Für diesen stand an der großen Tafel:
TG 923 Bangkok 20:55 Gate B 45

Heiko Zabel hatte Marion Wegner am Informationsstand in der Halle B des Terminals 1 getroffen. Beide hatten sich umarmt und waren zielstrebig zu einem Schalter der Frankfurter Sparkasse gegangen. Marion hatte dort auf ihr Girokonto bei der Volksbank Dreieich zweitausend Euro in bar eingezahlt. Jeder der beiden hatte danach wenig mehr als neuntausend Euro bei sich.
Eingecheckt hatten beide schon am Vormittag, die Koffer waren aufgegeben und sie hatten die Bordkarten in den Händen.
Sehr sicher, dass ihr Plan gelingen würde, reihten sie sich in die Schlange vor der Sicherheits- und Passkontrolle ein.
Von ihnen unbemerkt wurde aber jeder ihrer Schritte beobachtet.
Als sie an der Reihe waren, wurde Marion Wegner von einer Zollbeamtin gefragt: „Haben Sie Bargeld bei sich?"

Frau Wegner antwortete: „Ja, etwas mehr als neuntausend Euro. Die Ausfuhr bis zehntausend Euro ist doch erlaubt?"

„Das ist richtig", lautete die Antwort, „Ich bitte Sie aber trotzdem, mich zu begleiten, wir müssen dies kontrollieren." Gemeinsam mit einer Kollegin führte die Beamtin Marion Wegner in einen Nebenraum. Dort wurde sie gebeten, das Geld vorzuzeigen.

Frau Wegner nahm aus ihrer Handtasche einen Umschlag und sagte: „Das hier sind neuntausend Euro ein paar weitere Euroscheine und Kleingeld habe ich in meinem Portemonnaie."

Die beiden Beamtinnen interessierten sich aber nur für den Umschlag und zählten die dort vorhandenen Hunderteuro-Scheine sorgfältig.

„Können Sie uns sagen, woher das Geld stammt?" fragte eine der beiden Beamtinnen.

Frau Wegner antwortete: „Das muss ich nicht und werde es auch nicht tun!"

„Dann sage ich es Ihnen", erklang hinter ihrem Rücken eine Frauenstimme. Marion Wegner drehte sich um und erkannte mit Schrecken Hauptkommissarin Melanie Forstmann. Diese redete weiter: „Frau Wegner, wir sind überrascht, Sie hier auf dem Weg nach Bangkok anzutreffen. Wir hatten Sie doch gebeten, sich zur Verfügung zu halten, solange der Mord an Ilse Schmidt nicht aufgeklärt ist.

Aber erst einmal zurück zu dem Geld. Dieses stammt aus der Erpressung von Regierungsoberinspektor Renè S. und wurde vor zwei Stunden von ihrem Komplizen Heiko Zabel bei der Autobahnraststätte Gräfenhausen in Empfang genommen. Da die Nummern der Scheine registriert sind, ist das das leicht zu beweisen."

„Ich sage gar nichts mehr", erklärte Frau Wegner.

„Das müssen Sie auch nicht", entgegnete die Kommissarin: „Frau Marion Wegner, ich nehme Sie hiermit wegen der Beteiligung an einer Erpressung vorläufig fest. Sie haben das Recht, die Aussage zu verweigern, aber alles, was Sie sagen, kann gegen Sie verwendet werden. Außerdem haben Sie das Recht, einen Anwalt ihrer Wahl hinzuzuziehen.

Wir werden Sie jetzt nach Darmstadt bringen und dort in Polizeigewahrsam nehmen. Bis morgen 24:00 Uhr – so ist die Rechtslage – werden Sie einem Haftrichter vorgeführt. Zuvor möchten wir uns noch ausführlich mit Ihnen unterhalten, gern auch im Beisein Ihres Anwaltes.

Möchten Sie noch etwas sagen?"

Frau Wegner verneinte und wurde von zwei Polizistinnen, die Kommissarin Forstmann herbeigerufen hatte, abgeführt.

Auch Heiko Zabel war in einen Nebenraum geführt worden, im Unterschied zu Marion Wegner von zwei männlichen Zollbeamten.

Er beharrte, wie seine Partnerin auch, darauf, dass die Ausfuhr von Bargeld bis zehntausend Euro erlaubt sei. Zur Herkunft der neuntausend Euro, die er bereitwillig vorgezeigt hatte, wollte er nichts sagen.

Hauptkommissar Lutz Waski stellte sich vor und übernahm die Gesprächsführung: „Herr Zabel, wir wissen, dass das Geld aus der Erpressung von Regierungsoberinspektor Renè S. stammt. Wir wissen auch, dass Sie an dieser Erpressung führend beteiligt waren. Ihr heutiger Anruf bei Renè S. ist aufgezeichnet und unsere Experten werden mühelos Ihre Stimme identifizieren, auch wenn diese verzerrt haben. Und dann schauen Sie sich bitte einmal die beiden Bilder an!"

Damit zeigte der Kommissar auf seinem Smartphone, wie Heiko Zabel bei der Raststätte Gräfenhausen in den Mercedes von Renè S. steigt und wie er im Parkhaus dieses Auto mit einem Stoffbeutel in der Hand verlässt.

„Außerdem,"" fuhr Lutz Waski fort, „sind die Geldscheine, die hier vor Ihnen liegen, selbstverständlich registriert.

Sie sehen also, Ihre Tat können wir mit absoluter Sicherheit beweisen.

Möchten Sie etwas dazu sagen?"

Weinerlich kam die Antwort: „Das alles war die Idee und der Plan von Marion. Gemeinsam wollten wir in Thailand ein neues Leben beginnen. Sie hat gemeint, selbst wenn man uns in Deutschland anklagen würde, wären wir in Thailand sicher, weil es keine Auslieferung gäbe. Mehr sage ich aber nicht."

„Müssen Sie auch nicht," entgegnete HK Waski. „Wir nehmen Sie wegen Ihrer Beteiligung an der Erpressung von Renè S. in Polizeigewahrsam und Sie werden bis morgen 24:00 Uhr Stunden einem Haftrichter vorgeführt. Ich belehre Sie hiermit über Ihre Rechte: Sie können die Aussage verweigern, aber alles, was Sie sagen, kann gegen Sie verwendet werden. Außerdem haben Sie das Recht, einen Anwalt hinzuzuziehen.

Wir werden Sie jetzt mach Darmstadt bringen und uns später noch mit Ihnen ausführlich unterhalten. Dabei kann gern Ihr Anwalt zugegen sein."

Heiko Zabel wurde abgeführt und Kommissar Waski verabschiedete sich von den Frankfurter Beamten, nicht ohne sich für die Unterstützung bei der Festnahme des Erpresserpärchens bedankt zu haben.

Zufrieden mit dem Erfolg traten Lutz Waski und seine Stellvertreterin Melanie Forstmann die Heimfahrt an.

30

Sonnabend, 11. März, 21:00 Uhr

Hauptkommissar Lutz Waski hatte sich von allen bei der Festnahme der beiden Erpresser beteiligten Kollegen verabschiedet und seinen Chef, den Leiter des K10 Kriminalrat Torsten Hasse, informiert.

Er saß am Steuer seines Opel Insignia, neben ihm Melanie Forstmann. Sie waren auf dem Weg nach Eppertshausen und freuten sich, dass es auf der A 3 sehr ruhig zuging.

Lutz eröffnete das Gespräch: „Ich denke, der Chef hat recht und wir lassen die beiden bis Morgenabend in unserem Polizeigewahrsam schmoren. Dann verhören wir sie, natürlich getrennt. Über die Strategie verständigen wir uns bei der Beratung des *Soko*, die wir für morgen 18:00Uhr ansetzen."

Melanie war einverstanden und meinte dann: „Ich denke, Marion Wegner und ihr Freund Heiko Zabel sind auch für den Brand in der *Sauna-Oase* und den Mord an Ilse Schmidt verantwortlich. Ich kann allerdings nicht begreifen, wie bei Marion aus einer langjährigen Freundschaft zu Ilse ein abgrundtiefer Hass entstanden ist, der sogar zu einem Mord geführt hat. Vielleicht finde ich am Montag einen Zugang zu Frau Wegner und das Ganze wird deutlicher. Wenn allerdings beide alles abstreiten, wird es schwer, ihre Tatbeteiligung zu beweisen."

„Na, jetzt reden wir doch schon über unser weiteres Vorgehen," erwiderte Lutz. „Ich glaube, der Schwachpunkt ist Heiko Zabel. Ihm können wir nachweisen, dass er sich unmittelbar vor dem Brand in der Nähe der *Feuersauna* aufgehalten hat. Ihn werde ich mir morgen als erstes vornehmen. Ich hoffe, er knickt ein, denn das, was passiert ist, kann nicht ohne Auswirkungen auf seine psychische Verfassung sein."

Unterdessen hatte Lutz Waski die A 3 verlassen und war auf die B 45 abgebogen. Er redete weiter: „Ich fahre dich natürlich nach Hause. Wie geht es denn da so?"

Kommissarin Forstmann wohnt im Haus ihrer Eltern in Münster zusammen mit ihrem Freund Ingo und ihrer Mutter, ihr Vater war vor einigen Jahren verstorben. Ingo war als Diplomingenieur in leitender Position beim Rückbau des Atomkraftwerks BIBLIS tätig.

Melanie antwortete: „Glücklicherweise ist daheim alles o.k. Ich bin froh, dass sich meine Mutter und Ingo so prächtig verstehen, entgegen jeder Klischeevorstellung. Beruflich ist Ingo sehr angespannt, zumal jetzt auch der zweite Kühlturm abgerissen wurde. Er schimpft die ganze Zeit über den Atomausstieg und hält diesen für einen großen Fehler. Er meint: *Rings um Deutschland arbeiten AKWe und es werden neue gebaut. Nur wir sind wieder einmal der Meinung, dass Deutschland allein das Richtige tut und am deutschen Wesen die Welt genesen muss.*

Wenn man die gegenwärtige Energiekrise und den Rummel um den CO_2-Ausstoß sieht, muss ich Ingo absolut recht geben.

Übrigens, vor vierzehn Tagen, zu meinem Geburtstag hat mir Ingo einen Heiratsantrag gemacht. Er möchte eine Familie und Kinder und meinte, mit nun 37 würde meine biologische Uhr anfangen zu ticken. Ich hoffe, du wirst unser Trauzeuge. Aber das bleibt bitte vorerst noch unter uns."

„Selbstverständlich," bestätigte Lutz nur mit Steffi werde ich darüber reden, damit sie sich mit mir freuen kann."

Inzwischen waren die beiden in Münster angelangt und hielten vor Melanies Wohnung. Sie verabschiedete sich, ging zur Haustür und winkte Lutz zu. Der fuhr schnurstracks nach Hause und stellte das Auto vor der Garage ab, es war genau 21:45 Uhr.

Er ging ins Wohnzimmer seiner Schwiegereltern begrüßte diese und erfuhr, dass Steffi oben beim Fernsehen sei.

Bei Lilo und Werner war soeben der *Tatort* im NDR mit Maria Furtwängler zu Ende gegangen. Lutz und Werner unterhielten sich noch über die aktuellen Bundesligaergebnisse und zeigten sich enttäuscht darüber, dass die Eintracht offensichtlich das Toreschießen verlernt hat und sich gegen Stuttgart mit einem Unentschieden begnügen musste. „So, wie sie heute gespielt haben, sind sie am Mittwoch in Neapel chancenlos," meinte Werner.

Lutz nickte, sagte *Gute Nacht* und ging zu seiner Frau nach oben.

Steffi sah sich im ZDF die Sendung *Quiz-Champion* an, schaltete aber sofort aus und begrüßte zärtlich ihren Mann.

Die beiden öffneten einen guten Rotwein und Lutz erzählte. Steffi wollte nicht glauben, dass gegen Marion Wegner ein dringender Tatverdacht besteht, aber Einzelheiten wollte ihr Mann nicht nennen. Er sagte aber: „Morgen früh können wir alle zusammen gemeinsam gemütlich frühstücken, denn mein Dienst geht erst morgen 18:00 Uhr weiter. Da wollen wir mit den Vernehmungen von Ilse Schmidt und Heiko Zabel beginnen.

Aber etwas Erfreuliches kann ich noch berichten: Melanie und Ingo wollen heiraten und ich soll Treuzeuge werden. Aber das soll vorläufig noch unter uns bleiben."

Steffi freute sich mit und berichtete dann von ihrem Tag mit den Kindern. Danach unterhielten sich die beiden noch über Alltäglichkeiten und gingen schlafen.

31

Sonntag, 12. März, 18:00 Uhr

Die Mitglieder der *Soko Sauna* waren vollzählig im Beratungsraum des Kommissariats K10 versammelt. Hauptkommissar Lutz Waski hatte alle begrüßt und wollte soeben mit einem Bericht über die Aktion am Flughafen beginnen, als der Leiter des K10, Kriminalrat Torsten Haase, den Raum betrat. Auch er begrüßte alle Anwesenden und sagte dann: „Vor einer Stunde hat mich Hauptkommissar Spitzer vom BKA angerufen und Folgendes mitgeteilt: In einer gemeinsamen Aktion mit der niederländischen Polizei wurde in der vergangenen Nacht die Bande, die auf das Ausrauben von LKW spezialisiert war, zerschlagen. Umfangreiches Beweismaterial wurde sichergestellt und 27 Personen wurden vorläufig festgenommen. Der von uns gesuchte Fredy Storm war auch darunter. Er war von Mittwoch vergangener Woche bis gestern mit einem LKW in Frankreich unterwegs, kann also mit dem Mord an Ilse Schmidt nichts zu tun haben. Unsere KTU hatte bereits am Sonnabend das Smartphon von Ilse Schmidt ausgewertet und dabei festgestellt, dass Juri Kassow am vergangenen Donnerstag von Hamburg aus eine SMS geschickt hatte. In der teilte er mit, dass er Informationen über einen erfolgreichen Hacker-Angriff auf das EDV-System

von *Hessen-Trans* habe. Die beiden hatten ein Treffen für den Freitag verabredet. Der Chef der o.g. Bande hatte von dieser Verabredung erfahren und die Liquidierung von Kassow befohlen. Die zwei mit der Tat beauftragten Bandenmitglieder schieben sich gegenseitig die Schuld zu. Mit dem Tod von Ilse Schmidt hat das Ganze aber nichts zu tun. Wir können uns also voll auf die Verhöre der beiden vorgestern Festgenommenen konzentrieren."
Der Kriminalrat wünschte viel Erfolg und verließ den Raum.

Lutz Waski übernahm die Leitung: „Wir gehen folgendermaßen vor: Heiko Zabel wird im Verhörraum 1 von mir vernommen, PMA Fendt wird mich begleiten.
Im Verhörraum 2 wird sich HK Forstmann mit Marion Wegner befassen. Sie sollte das, zumindest am Anfang, allein tun. Ich hoffe, dass sich Marion Wegner einer Frau gegenüber leichter öffnet. Die restlichen Mitglieder unserer Soko können die Vernehmungen von außen verfolgen bzw. ihre Abschlussberichte fertig schreiben, soweit dies noch nicht geschehen ist. Wenn die Verhöre erfolgreich verlaufen, hätte unsere Kommission ihre Aufgabe erfüllt.
Wir treffen uns nach dem Ende der Vernehmungen alle wieder hier."

Im Verhörraum 1 saß Heiko Zabel am Tisch, ihm gegenüber hatten Miriam Fendt und Lutz Waski Platz genommen. Vor ihm stand ein Mikrofon und an der Wand gegenüber befand sich eine Kamera.

Lutz Waski schaltete beides ein und begann: „Sonntag, 12. März 2023; 18:20 Uhr;

Beginn der Vernehmung von Heiko Zabel.

Anwesend: Der Beschuldigte, PMA Fendt und HK Waski.

Herr Zabel, durch unsere erkennungsdienstliche Behandlung von gestern wissen wir, dass Sie 34 Jahre alt und nicht vorbestraft sind. Sie wohnen derzeit bei Ihren Eltern in Münster und arbeiten als Elektriker bei einer Dieburger Firma.

Sie wurden über Ihre Rechte belehrt.

Sind die Angaben korrekt? Möchten Sie einen Anwalt? Wollen Sie aussagen?"

Die Antworten lauteten: „Ja, die Angaben sind richtig und ich möchte aussagen. Auf einen Anwalt will ich vorerst verzichten."

Hauptkommissar Waski begann das Verhör: „Herr Zabel, wir werfen Ihnen vor, von Herrn Renè S. zwanzigtausend Euro erpresst zu haben. Sie haben das Geld am 11. März 18:30 Uhr bei der Autobahnraststätte Gräfenhausen entgegengenommen und es später am Flughafen Frankfurt mit ihrer Freundin Marion

Wegner geteilt. Danach hat Marion davon 2.000 Euro auf ihr Konto überwiesen

Zweitens werfen wir ihnen vor, am 9. März zwischen 19:00 Uhr und 19:30 Uhr in der *Sauna-Oase* Eppertshausen den Brand der *Feuersauna* gelegt und den Tod von Ilse Schmidt verursacht zu haben.

Wenden wir uns zunächst der Erpressung zu. Über die Brandstiftung und den Mord sprechen wir später. Also, was haben Sie zu der Erpressung zu sagen?"

Erregt rief Heiko Zabel: „Die Brandstiftung und der Mord an Ilse Schmidt – das war ich nicht!

Die Sache mit der Erpressung gebe ich zu, aber das Ganze war die Idee von Marion.

Mit Marion war ich seit mehr als drei Jahren eng befreundet und habe seit über drei Jahren bei ihr in Eppertshausen gewohnt. Vor gut zwei Wochen hat sie mich – pro forma – rausgeworfen und allen Leuten gesagt, wir hätten uns getrennt. Das war aber nur zum Schein, es sollte niemand auf den Gedanken kommen, wir würden gemeinsame Sache machen.

Marion war im Besitz von Aufnahmen, die zeigten, wie sie und Ilse sich gemeinsam mit einem Mann vergnügten. Die Aufnahmen waren in einer Wohnung von Ilse in Egelsbach gemacht worden.

Ich wusste von der Wohnung, obwohl mich Marion nie dorthin mitgenommen hatte. Ich wusste auch, dass Ilse, manchmal gemeinsam mit Marion, dort Freier empfing.

Das hat mir überhaupt nicht gefallen, aber Marion ließ sich da nicht hineinreden und meinte nur *Pecunia non olet* (Geld stinkt nicht).

Die Aufnahmen, von denen ich gesprochen habe, waren vom 17. Februar. Sie zeigten die beiden Frauen und Herrn Regierungsoberinspektor Renè S. bei intensiven Liebesspielen. Marion meinte, diesen sauberen Herrn könnten wir etwas erleichtern. Wir haben ihm dann mitgeteilt, dass wir im Besitz des Videos sind, das er – zumindest im ersten Teil – am Abend des 17. Februar gemeinsam mit den beiden Frauen angesehen hatte, und um eine *Spende* von zwanzigtausend Euro gebeten.

Renè S. hat sich daraufhin bei Ilse beschwert und diese hat einen Riesenkrach mit Marion veranstaltet. Für kriminelle Machenschaften sei sie nicht zu haben und wenn das nicht unterbliebe, wollte sie die Polizei informieren. Marion war furchtbar sauer auf Ilse. Aber da war auch noch mehr. Ich weiß allerdings nicht, was genau. Jedenfalls hat Marion fürchterlich über Ilse geschimpft.

Marion sagte danach, dass wir Ilse aus dem Räumen müssten. Wenn dabei etwas nicht ganz nach Plan liefe, könnten wir nach Thailand verschwinden und dort ein neues Leben beginnen.

Nachdem Ilse tot war, meinte Marion, nun können wir auch die zwanzigtausend Euro von Renè S. mitnehmen. Sie hat mir vorgeschrieben, was ich tun sollte. So habe ich am Freitag und am Sonnabend Renè S. angerufen und dann sein Auto mit dem Geld von der Raststätte Gräfenhausen ins Parkhaus am Flughafen gefahren. Den Rest wissen Sie."

Der Kommissar hatte schweigend zugehört und sagte: „Ihr Geständnis wird Sie sicher erleichtern. Bevor wir uns mit der Brandstiftung und dem Mord an Ilse Schmidt befassen, legen wir eine Pause ein."
Lutz Waski schaltete die Aufnahmegräte ab und fragte Heiko Zabel, ob er etwas trinken möchte. Dieser wollte einen Kaffee und Miriam Fendt kam nach kurzer Zeit mit drei Bechern dieses Getränks zurück.

Nach etwa fünfzehn Minuten schaltete Kommissar Waski die Aufnahmegeräte wieder ein und setzte das Verhör fort: „Herr Zabel, kommen wir nun zu Ihrer Beteiligung an der Brandstiftung und dem Mord an Ilse Schmidt. Was haben Sie dazu zu sagen?"
Die Antwort überraschte: „Dazu verweigere ich die Aussage."

„Das ist Ihr gutes Recht", entgegnete Lutz Waski. „Aber Sie sollten folgendes bedenken: Wenn Ihre Freundin zu diesen Sachverhalten aussagt, wird deren Version die einzige sein. Selbst wenn Sie dann später darauf reagieren, könnte das Gericht geneigt sein, der ersten Version eine größere Glaubwürdigkeit zuzubilligen.

Überlegen Sie also genau. Wenn Sie bei Ihrer Entscheidung bleiben, lasse ich Sie dem Haftrichter vorführen, der mit Sicherheit Untersuchungshaft anordnen wird."

Es trat eine Pause ein.

Schließlich räusperte sich Heiko Zabel und sagte: „Die Sache war so. Am vergangenen Mittwochnachmittag habe ich mich mit Marion getroffen. Dabei erklärte sie kategorisch: Ilse muss weg! Mit der Frau ist nicht zu reden, sie wird mich ins Gefängnis bringen.

Auf meinen Einwand, sie würde von ihrer langjährigen Freundin reden, sagte Marion hasserfüllt: *Dieses egoistische Biest ist nicht mehr meine Freundin, sie muss von der Bildfläche verschwinden, ich weiß auch schon, wie. Du musst mir dabei helfen.*

Marion hat mir dann erklärt, was ich tun soll.

Sie wolle mir am Donnerstag drei Flaschen bringen, eine Cola-Flasche und zwei Bierflaschen. Ich sollte 17:30 Uhr mit dem Auto vor der *Sauna-Oase* parken, mich umziehen und mit Bademantel und Badelatschen bekleidet die drei Flaschen zur *Feuersauna* bringen. Dort sollte ich warten, bis vom Saunapersonal die Getränke für das Finnische-Ritual abgestellt würden. Dann sollte ich die zwei Bierflaschen dazustellen, die Cola-Flasche austauschen und sofort wieder verschwinden.

Genauso ist es geschehen.

Marion sagte dann noch, wenn alles nach Plan läuft, geht die Sache als Unfalls durch. Wenn nicht, sind wir am Sonntag schon in Thailand.

Dass sie unbedingt noch die zwanzigtausend Euro mitnehmen wollte, war unser Verhängnis"

Hauptkommissar Waski bedankte sich und sagte: „Ich kann Sie beruhigen, auch ohne die Erpressungsgeschichte wären sie beide nicht nach Thailand gekommen. Aber wenn Ihre Aussagen stimmen, könnte es bei der Brandstiftung und dem Mord für Sie auf Beteiligung hinauslaufen. Dies entscheidet aber letztlich das Gericht. Sie werden nun dem Haftrichter vorgeführt und ich rate Ihnen dringend, einen Anwalt hinzuzuziehen."

Damit war das Verhör von Heiko Zabel beendet.

32

Im Verhörraum 2 des Kommissariats K10 begann die Vernehmung von Marion Wegner mit Absicht etwas später als die von Heiko Zabel, weil man dessen Aussagen evtl. nutzen konnte. Frau Wegner saß am Tisch und Hauptkommissarin Melanie Forstmann kam herein, nahm ihr gegenüber Platz und schaltete Mikrofon und Kamera ein.

Die Kommissarin begann: „Frau Wegner, ich begrüße Sie. Wir kennen uns ja bereits und ich möchte Sie zur Erpressung von Renè S., zur Brandstiftung in der *Sauna-Oase* und zum Mord an Ilse Schmidt vernehmen. Über Ihre Rechte sind Sie belehrt worden. Ich frage: Wollen Sie einen Anwalt hinzuziehen und möchten Sie aussagen?"

Die erste Frage wurde verneint, die zweite bejaht.

Daraufhin sagte die Kommissarin: „Über ihr Verhältnis zu Ilse Schmidt hatten wir bereits gesprochen Bitte beschreiben Sie mir ausführlich, wie sich dieses entwickelt hat."

Marion Wegner begann: „Ilse und ich kannten uns schon seit der Schulzeit. Gemeinsam mit Birgit Gruber waren wir ein unzertrennliches Triumvirat. Das war im alten Rom zwar ein Männerbund, traf aber auf uns drei Mädchen auch zu. Wir haben nahezu alles gemeinsam gemacht. Dabei war Birgit immer so ein bisschen die graue Maus, sie hatte es zuhause mit ihrer Mutter nicht leicht und wir haben sie oft mit durchgeschleppt, zum Beispiel beim Abi. Von uns Dreien war Ilse die Dominante. Sie war auch die Hübscheste und hat immer bestimmt, wo es langzugehen hatte. Das Verhältnis zwischen Inge und mir wurde besonders eng, als wir in Frankfurt studierten. Wir lebten, gemeinsam mit einer dritten Kommilitonin in einer WG. Das war eine wilde Zeit und wir haben reihenweise Jungs vernascht. Ilse hat BWL und Informatik studiert, ich Pharmazie.

Danach sind wir alle wieder in Eppertshausen gelandet. Ilse hatte eine sehr gute Anstellung bei *Hessen-Trans* gefunden. Ich habe noch den Master-Abschluss gemacht und danach in der Schloss-Apotheke Münster begonnen, wo ich heute stellvertretende Leiterin bin.

Ilse wusste immer ganz genau, was sie wollte, und hat ihre Ziele ohne Rücksicht auf Verluste verfolgt. Bald war sie die Geliebte ihres Chefs. Der war Witwer und hat sie vergöttert. Ilse wurde Prokuristin und hat Anteile der GmbH erhalten. Der Chef hätte sie sicher geheiratet, wenn er nicht vorher in ihren Armen gestorben wäre. Sie hat ihn wohl zu sehr strapaziert, er war immerhin 32 Jahre älter.

Gisbert Grosser, so hieß der Chef, hatte Ilse in

Egelsbach eine Wohnung eingerichtet.

Diese gehört zwar der Firma, aber Ilse wurde lebenslanges Wohnrecht vertraglich zugesichert. Da Ilse die tägliche Fahrerei von Egelsbach nach Eppertshausen zu viel war, hat sie dort eine Wohnung gemietet. Ich habe die Nachbarwohnung, aber das wissen Sie ja.

Nach dem Tod von Gisbert hat Ilse die Egelsbacher Wohnung für ihre Vergnügungen genutzt. Durch eine Anzeige im Internet hat sie Männer gefunden, die sie nach sorgfältiger Überprüfung zu sich eingeladen hat.

Sie hat mir einmal gesagt: *Marion, ich mache das nicht fürs Geld. Aber es ist wichtig, dass ich von Zeit zu Zeit meinem nymphomanischen Trieb ausleben kann.*

Auf diesem Gebiet konnte man uns seit unseren Studentenzeiten sowieso nichts vormachen.

Manchmal hat mich Ilse beteiligt und es gab Abende zu dritt. Ich habe dann das Honorar, meist waren es fünfhundert Euro für jede von uns, gern mitgenommen. Ilse hatte auch mehrere Kameras installiert. Die Aufnahmen hat sie sich meist zusammen mit dem jeweiligen Partner angesehen und ansonsten streng unter Verschluss gehalten. Auf meinem Vorschlag, diese zu nutzen, um noch mehr Geld herauszuschlagen, hat sie ganz empört reagiert. Sie würde das Ganze nicht tun, um Geld zu verdienen und sowieso demnächst beenden.

Von den Aufnahmen, die am Abend des 17. Februar gemacht wurden, hatte ich allerdings eine Kopie. Diese habe ich genutzt, um gemeinsam mit Heiko Herrn Regierungsoberrat Renè S. um eine *Spende* zu bitten. Dieser hat sich umgehend bei Ilse beschwert. Die riesige Auseinandersetzung, die wir daraufhin hatten, bedeutete das Ende unserer Freundschaft.

Ich hatte Ilse auch gebeichtet, dass ich auf Arbeit durch Abrechnungsschwindelei siebzigtausend Euro dem eigenen Konto gutgeschrieben hatte. Ilse erklärte, mit kriminellen Machenschaften wolle sie nichts zu tun haben. Sie habe einen klaren Lebensplan, auch was die Firma betreffe, und eine kriminelle Freundin könne sie da nicht gebrauchen. Sie verlangte, dass ich das veruntreute Geld zurückzahle und hat mir auch einen Kredit angeboten. Sie hat aber auch das Ultimatum gestellt, die Angelegenheit bis zum 11. März, das war gestern, zu regeln. Andernfalls wolle sie ihr Testament, in dem ich nicht unerheblich bedacht bin, ändern und die Polizei informieren.

Da ich Ilse und ihre Sturheit kannte, wusste ich, sie würde ihre Drohungen wahr machen. Das musste ich verhindern."

Marion Wegner schilderte dann, wie sie den Plan gefasst hatte, Ilse Schmidt in der *Feuersauna* beim *Finnischen-Ritual* ums Leben kommen zu lassen. Da ihr bekannt war, dass

Ilse beim Ritual immer Cola trank, hatte sie eine Flasche Cola mit reichlich *Liquid Ecstasy* versetzt und Heiko Zabel beauftragt, diese Flasche während des Rituals mit der vom Personal gelieferten Cola zu vertauschen. Außerdem sollte ihr Freund zwei normale Bierflaschen, die sie mit flüssigem Grillkohlenanzünder befüllt hatte, mitbringen.

„Es verlief alles genau nach Plan", redete Marion Weber weiter. „Als nach Beendigung des Rituals alle die Sauna verlassen hatten, bin ich nochmals zurückgegangen. Ilse saß betäubt in der Ecke und ich habe trockene Holzscheite vor den Kamin gelegt. Diese habe ich mit dem Grillankohlenzünder übergossen, dann die Glastür des Kamins geöffnet und brennende Holzstücken darüber gezogen. Das Ganze brannte sofort lichterloh und ich war überzeugt, der Brand und Ilses Todwürden als Unfall durchgehen."

Nach einer kurzen Pause, in der Marion Wegner einen Schluck Wasser trank, redete sie weiter: „Als ich am Freitag merkte, dass sich diese Hoffnung wohl nicht erfüllen würde, beschlossen Heiko und ich, uns nach Thailand abzusetzen. Von dort wird man nicht nach Deutschland ausgeliefert. Zuvor wollten wir noch Renè S. um einen Reisekostenzuschuss von zwanzigtausend Euro bitten. Ich war am Freitag auch nochmals in der Egelsbacher Wohnung, für die ich einen Schlüssel habe, um weitere Aufzeichnungen zu suchen, die man sicher auch von Thailand aus hätte nutzen können. Ich habe aber trotz intensiver Suche keine gefunden.

Damit ist auch dieser Plan, wie das gesamte Unternehmen überhaupt, gescheitert.

Ich habe mir jetzt alles von der Seele geredet und weiß, dass ich für meine Tat büßen muss."

Damit endete Marion Wegner, schlug die Hände über den Kopf zusammen und starrte vor sich hin.

Kommissarin Forstmann sagte: „Ich bin zutiefst erschüttert, und kann nicht begreifen, wie aus langjähriger Freundschaft ein so abgrundtiefer Hass werden konnte. Ich lasse Sie jetzt abführen und dann werden Sie dem Haftrichter vorgeführt, der sicher Untersuchungshaft anordnen wird. Ich wünsche Ihnen trotz allem für die anstehende Gerichtsverhandlung alle Gute und empfehle dringend, einen Anwalt hinzuzuziehen."

Damit beendete sie das Verhör und ging in den Beratungsraum, wo alle Mitglieder der *Soko Sauna* bereits versammelt waren. Diese hatten die Verhöre verfolgt und waren – wie Kriminaldirektor Haase auch – informiert.

Dieser sagte: „Der Fall ist abgeschlossen. Ich lobe ausdrücklich alle Mitglieder unserer *Soko-Sauna*, die ich hiermit auflöse, für ihre gute Arbeit."

Epilog

Montag, 1. Mai, 15:00 Uhr

Im Garten der Familie Bremer saßen an einer langen Kaffeetafel der Hausherr, Werner Bremer, seine Tochter Steffi Waski, ihr Mann, Lutz Waski, seine Stellvertreterin Melanie Forstmann sowie Gisela Bernd und Ralf Kleinert, womit die Abteilung Gewaltverbrechen des K10 vollzählig versammelt war. Außerdem waren Kriminalrat Günter Schreiber, der ehemalige Chef von Steffi und Lutz und der Patenonkel von Tobias, aus Gera gekommen und auch der Vorgänger von Lutz im Amt, Kriminalrat a.D. Karlheinz Schwarz, war der Einladung gefolgt.

Im Sandkasten spielte die Dieburger Kollegin Miriam Fendt mit dem fast fünfjährigen Tobias und seiner zweijährigen Schwester Cosima. Lilo Bremer kam mit einem großen Teller selbstgebackenem Kuchen und ihre Tochter war unterwegs, um zwei Kannen Kaffee zu holen. Lutz ergriff das Wort: „Vor genau vier Jahren und einem Monat habe ich meinen Dienst bei der RKI Darmstadt angetreten. Unseren ersten Fall um den Tod von Marion Schreiner, die im Abteiwald gefunden worden war, haben wir dann am 9. April erfolgreich abgeschlossen.

Die folgenden Jahre waren auch nicht ohne Erfolge. Ich denke, darauf und auf weitere gute Zusammenarbeit sollten wir anstoßen."

Gläser standen auf dem Tisch und Werner Brenner hatte während der Rede von Lutz zwei Flaschen Prosecco geöffnet. Man goss ein und prostete sich zu. Danach ließ man sich den Kuchen schmecken, wobei Lilo ob ihrer Backkünste von allen Seiten gelobt wurde.

Es wurden vielfältige Gespräche geführt, bei denen man aber immer wieder auf die Tote in der Sauna zu sprechen kam. Alle meinten, dass es unbegreiflich sei, wie plötzlich eine jahrelange enge Freundschaft in abgrundtiefen Hass umschlagen könne.

Lutz Waski ergriff schließlich nochmals das Wort: „Ich habe vorhin mit Kriminalrat Torsten Haase telefoniert und mich nach dem Stand der Dinge erkundigt. Der Chef wünscht uns allen einen schönen ersten Mai und hatte folgende Informationen:

Die Staatsanwaltschaft erhebt gegen Marion Wegner Anklage wegen Mordes aus Habgier, vorsätzlicher Brandstiftung zur Verschleierung der Tat sowie wegen Erpressung. Sie fordert eine lebenslange Freiheitsstrafe mit anschließender Sicherungsverwahrung.

Heiko Zabel wird angeklagt wegen Beihilfe zu Mord und Brandstiftung sowie wegen Erpressung. Für ihn wird eine Haftstrafe von 12 Jahren gefordert.

Ich denke", beendete Lutz seine Rede, „damit können wir das Thema für heute ruhen lassen und uns den erfreulicheren Dingen des Lebens zuwenden.

Mein Schwiegervater ist schon dabei, den Grill anzuwerfen.

Es wird aber noch eine geraume Weile dauern, bis wir essen können. Genießen wir bis dahin den schönen Frühlingstag.

Für die kritische Durchsicht des Manuskriptes und für zahlreiche wertvolle Hinweise bedanke ich mich bei Dr. Dieter Taubert, Weimar, meiner Wohnungsnachbarin Margot Reeg und meinem Skatfreund Stephan Klink, Dieburg.

Meiner Frau Christel danke ich besonders für das Verständnis, wenn ich viel Zeit am PC verbracht habe, sowie für die sorgfältige Korrektur des Satzmanuskriptes.

Eppertshausen im April 2023

G.F.

Vom gleichen Autor sind beim Verlag Books on Demand (BoD) Norderstedt erschienen:

GÜNTER FANGHÄNEL

ZAUBERLEHRLINGE
UND
ZAHLEN

ISBN 978-3-8370-3827-9

Günter Fanghänel

Der Tote vom
Teufelstal

Kriminalroman

ISBN 978-3-8448-1229-9

Günter Fanghänel

Der Tote auf
Gleis 2
Kriminalroman
ISBN 978-3-7322-8498-6

Günter Fanghänel

Die Tote in
Kabine 8032
Kriminalroman
ISBN 9783839147641

Günter Fanghänel

Die Tote im Abtalwald

Ein Eppertshausen – Krimi
ISBN 9783739249032

Günter Fanghänel

Der Tote in der Dreieichbahn

Ein Eppertshausen –
Krimi
ISBN 9783751996174

Günter Fanghänel

Die Toten bei der Zhenadhütte

Ein Eppertshausen – Krimi

ISBN 9783754332412

Günter Fanghänel

Ein makabrer Fund am Oschütztal-Viadukt und andere Kurzgeschichten
ISBN 78373576000